中公文庫

酔人・田辺茂一伝

立川談志

中央公論新社

目次

酔人・田辺茂一伝

短いプロローグ　現代《いま》、何故《なぜ》田辺茂一か

田辺茂一の話を書く。何故《なぜ》現代《いま》田辺茂一か、ということなのだろうが、田辺茂一は私にとって永遠の人生の師であり、田辺茂一の思考、言動がその頃私達にとっての人生の悩みをズバッといい切ってくれてたのが、この頃やっと判《わか》るようになった、ということで、そのことはとりあえず現代の日本の情況における若者の、いや人間の、日本人の悩みを明快にしてくれるものだと思えるからである。

〝嫉妬〟とは何だ、〝友情〟とは何か、〝愛〟とは、〝社会〟とは、〝人間〟とは……と人間の考え悩み続けてきた歴史。ある者は〝人生とは水の流れの如し〟といい、またある人は〝山の如し〟と、人それぞれに、それを〝山〟に例えるなら、その〝山〟をいろいろな面から眺め、登り、〝山〟を理解しようと努力し続けてきた。おまけに人間てなぁ、それらに疑問を持ち、理解しようとしないと生きていけない厄介な代物《しろもの》なのでもあろう……。

早い話、人間にとって〝山〟という名の人生というものは何なのだろうということに、

少ない知性、知識で挑戦してきたはずだ。まして現代と違ってある種の価値観が日本、日本人、という一つの線で常識化されていた時代に生きてきた田辺茂一の思考が、どこかでそれらに従えず、実業家でもあった彼にとってはギャップであり、それらに対してあの夜のスタイルで応待していたのかも知れない。田辺茂一は本当の〝山〟というものを識《し》っていたのに……。

一口にいやぁ、よくあの時代にあの了見を持ち続けていたものだ。

田辺茂一の人間を見る目は正しい。不完全な人間を、不完全な自分がチャンと見ていた。それを夜の会話で教えていてくれた。教わっていたこちとらは、それも知らずに一緒に過していたのだからもったいない。〝五十《ごじゅう》歳を過ぎなきゃ判らないよ〟ともいっていたが……。

その頃、皮膚感では〝凄えなぁ〟と思ってはいたが、こんなに自分の現在にフィットしてくるとは思わなかった。

年々、田辺茂一が恋しくなる。

第一章　人生の師

見る奴が見りゃあ、どっちが偉いかすぐ判る

田辺茂一紀伊國屋書店社長が私の人生の師匠であった。

尊敬していた。いや待てよ、本当に尊敬していたかなあ……。

でも尊敬なのだろう。誰かが、尊敬できる人とは、自分に無いモノを持っている他人《ひと》で、その己に無いモノが欲しい、が、それは無理、という人のことだ、てなことをいってたが、もし、それが尊敬できる人の定義ならば、私にとって、一番〝欠けている〟と当時思っていて、或る時期には、それが悩みの種でもあった言動を田辺茂一は持っている、と、そう思っていた。勿論現在《いま》でも、〝欠けている〟という悩みは多くあるけれど、もうこの歳の談志《わたし》だ。私は私の了見で仕方ないし、それでいい、と本気で居直っている。

生意気に〝田辺茂一〟などと書いたが、本来は、いや常は、普段《いつも》は、〝田辺先生〟であ

った。しかし字で感じを出すとすりゃあ、田辺センセイであろう。

でも或る時、ほんの短い時間だが、私の〝先生〟であり、本気での〝田辺先生〟であったっけ。

それなのに、夜ごとの銀座の酒とくりゃあ、先生でもなきゃあ、センセイでもなくなる。何と「オイ田辺」ともなる。勿論洒落《しゃれ》だが……。

「なあ、田辺、オイ、田辺、あのサァ、この人ナ、田辺茂一、紀伊國屋書店の社長だとよ。ナニたいしたこたぁねぇんだ。たま〳〵新宿の目抜き通りの店の伜《せがれ》に生まれただけなんだ。資産《かね》があるから助平でよ、酒を飲んで駄酒落ばかりいってるだけの奴。なあ田辺、そうだろ」

に、田辺先生、いったネ。

「いうねぇ、いってくれたねぇ。でも、見る奴が見りゃあ、どっちが偉いかすぐ判る」

違《ちげ》えねぇ。その通りであった。

全てがこの一言に要約された、夜ごとの酒場の会話であった。

銀座、赤坂、六本木と飲み回り、渋谷にてダウン、が東京にての夜の先生のパターンとも見えて、新宿は紀伊國屋の大田辺《だい》は、その本拠地、我がお城のござる新宿ではまず飲まなかった。新宿は一流ではない、とでも区切っていたのか、地元は何か照れがあったのか……。ま、たしかに新宿は、学生の街、若者の街ともいえなくはなかったが、その昔の内藤新宿馬の糞、土埃《つちぼこり》がどっかに残っていたし……。

その頃の話を、その頃の人達から聞いたが、成程《なるほど》、新宿は泥臭い町だった。

しかし私にとっての新宿は戦後の新宿のことであり、戦前の新宿は歌謡曲の世界でしか知らナイ。

「東京ラプソディー」である。

〽夜更けにひととき寄せて
なまめく新宿駅の
あの娘《こ》はダンサーかダンサーか
気にかかる　あの指輪
楽し都　恋の都
夢のパラダイスよ　花の東京

であり、

「東京行進曲」の、

〽シネマ見ましょかお茶飲みましょか
いっそ小田急で逃げましょか
かわる新宿あの武蔵野の
月もデパートの屋根《うえ》に出る

の二曲が私の新宿の全てであった。

立川談志というと、どこか早熟みたいに思われているが、何、ごく普通のガキで、いえいえそれ以下、遅まき、遅咲き、おく手、手遅れ、いま頃、この歳になって、いい歳つかまつって、やっといくらか世のこと、人の了見が見えてきた程度。

だからこの歳でも結構毎日が楽しい。することと見ることが山のようにあるし、それを毎日、毎夜処理していてそのことは片付けに近いことではあるけれど、片付けイコール人生ではなかろうかとも思っている日々、仕事を片付け子供を片付け、最後にゃ自分を片付け、ハイ、オシマイ……。

前座時代は紀伊國屋とは縁がなかった

その新宿に紀伊國屋書店という本屋がある、てなことを知ったのは戦後のこと。それも数年たってからで、まずお目当ては私にとって神殿の如き新宿末広亭であり、そこが新宿の全てであり、シンボルで、そこのゆき帰りに、駅があり、武蔵野館があり、ムーランが、尾津組の竜宮マート〔現在のゴールデン街の前身となる飲食店街〕があった。その頃のメイン通りしか知らない、といっていい程度の知り方で、その中に紀伊國屋という記憶もあって、それは新星館という映画館の隣にあって、入口の右側に犬屋、おっとケンネルがあったと記憶している。

その記憶とて、末広亭に通った十回にも満たない数だから、唯〝あった〟というだけで中に入ったこともなかった。紀伊國屋を知らないのだから田辺茂一を知るはずがない……待てよ、どこかで名前は知っていたかしら……。

その御本尊である末広亭も、日ごと、夜ごとに通ったように思い込んでいたけれど、末広亭に対する思い込みの熱度は高かったが、その数、度数、回数はきわめて少ない。

その理由は、普通の学生、中学生だもの。小遣いはなし、現代のようにアルバイトなどという収入源がある訳もなく、アルバイトなんていう言葉すらなかった頃で、精々あって朝夕の新聞配達と納豆売りだ。おまけに、〝新聞配達をしている奴ぁ、貧乏人の子供〟とクラスの中でバカにされたのだから、現代《いま》のように新聞少年と讃えられるような世の中になろうとは誰ぁれも思いもよらなかっただろうに。

なにせ〝食い物が余る〟という状況が理解できなかった。

「あのさァ、いまにサ、食べ物が余るようになったらどうするかね」

「何だい、〝食べ物が余る〟てのは？」

「いや、だから、余ったら……」

「どこに食べ物があるんだい」

「いえ、余ったら、の話だよ」

「だから、その〝余ってる〟ってのは何処《どこ》に余ってるんだ。教えてくれよ。俺は、何処《どこ》でも行くからよ」

会話がつながらないのだ。

つまり、食べ物が余る、という状態を想像することもできなかったのだ。

それが、それが、嗚呼《ああ》、ナニ泣かなくてもいいけれど……。

もう野坂昭如[*1]がいくら戦後の闇市を書いたって誰ぁれも何とも思わなくなっちまって、

数十年の年月が過ぎた。

腹一杯食える喜び、その喜びを断ち切っての寄席《よせ》通い、そんなに回数がある訳がない。聞きたかったのに、観たかったのに、それができない悲しさ。映画も野球も、その願いが叶うのは修学旅行同様で年に一度か二度であり、祭礼であり、大典であったのだ。その修学旅行を親に頼んで末広亭に変えさせて貰った歴史もある。そのときはリュック一杯の食べ物を持っていったんだ……。

だから、その喜び、それを待つ思い入れ、思慕の情は燃え上がる。

生きていたなぁ、という実感がどれほどあったか、それが現在《いま》の人間構成の源になっているから、所詮現代日本とのギャップができる、けど、それを現在《いま》も頑固に押し通している。物《も》資《の》に対する執着だ。それらは田辺先生には判るまい。

つまり金持ちと貧乏人の違いであろう。

「ねぇ、先生、先生は貧乏したことがある？　貧乏を知ってる？　知らないでしょう。でも戦争中はいくら紀伊國屋でも貧乏をしたんですか？」に、

「ないネ」

「じゃぁ質屋もないネ」

「いや、一度ネ、洋服を出してくれといったら女中が困ったんだ。無い、というんだヨ。

つまり、我が家のやり繰りに窮して僕の洋服を質に入れたんだネ……」

してみると、先生自身は貧乏はなかったらしい。志ん生[2]はともかく、夢声[3]も、あの貴族のロッパ[4]でさえも貧乏をしたのに……。ついでにいうと貧乏とは、〝飢えと寒さ〟のことである。ま、東南アジアに行きゃ〝飢えと暑さ〟となるだろうけど……。

いま想うと貧乏をしていて本当によかった。現在《いま》の幸福がつく〲判りまさぁね。いい時代に生まれ、いい時代を過してきたもんだ……。つまり大人の貧乏でなく、子供時代の貧乏だったのだから……。

田辺先生は貧乏をしていない、飢えと寒さを本気で知ることはなかったという。

私のほうは貧乏だから、寄席なんて、本当いえば、落語家になるまで、十回も行ってはいまい。

くどいようだが思い入れだけだった。

だから落語家になっちゃったんだ、きっとそうだ。

第一、外食を知らなかったもの。

食事は〝我《う》が家《ち》でするもの〟と思っていたし、レストランは……こんな言葉も一般にはなかった。食べ物屋、食べ物店、または、そのものをいったのだ。

そば屋、飯屋、洋食屋等々……。

あっ、そう、想い出した。新宿で一軒だけ知っている。〝モーリ〟という大衆食堂の肉マン、つまり肉饅頭ったって果たして中身に肉が入っていたやら……、その頃でもうまいと思わなかったんだから、現代《いま》なら、とても喰えた代物じゃあないだろう。

そういやあ、ここの鰻丼は飯の中に鰻がはさまっている、だから見たところ鰻は見えないというシケた鰻丼、そのはさまっていた鰻の小さいこと、勿論安い、安さが売り物の店だった。

寄ったのはここ一軒、それも一度だ。

その後の新宿は落語家になってからだから、十六歳以前の出来事でありました。

落語家になってからも、貧乏は続く。腹一杯食べたいなァ、カツライスが食いたいなぁ、洋服が欲しいなぁ、百円を十円の如くに使えたらなぁ、の夢のある日々、それは正しく私の青春で、その中に新宿は大きくあり、育ち、帝都座〔映画館・劇場・ダンスホールなどの複合施設〕、それも五階の名画座に、セントラルのストリップショー、フランス座、二丁目の遊廓、花園の赤線、青線、楽屋の古老達が〝布袋屋《ほていや》〟〔百貨店。のちに伊勢丹に買収された〕といっていた、現在《いま》伊勢丹は屋上のみ、近所の酒屋、銭湯。

紀伊國屋は私の前座生活からははるかに離れた存在だったから、直接の御縁はまるでなく、第一本を買う、という発想すらなかった。

本は貸本屋で借りるものと相場は決まっていたもんだ。

その頃、えーと、そう、学生の頃、小学校、中学校を通じて買った本は、唯一冊、雑誌の特集?とでもいうのか、田園社から出た『落語お好み版《アラカルト》』という、これだけ。あとはぜぇーんぶ貸本屋、その本屋では読んだ読んだ、読んだのなんの、だって他の楽しみなんぞ知らなかったんだモン……。

しいて探せば、音の悪いラジオから流れる、正確にいやぁ途切れて流れる「日曜娯楽版」「お好み投票音楽会」「ラジオ寄席」、毎日の夕方は「鐘の鳴る丘」「向う三軒両隣り」。

その頃の田辺先生の写真を見ると、ガッチリしてて精力的に見えた。品のいい土建屋社長の如く、であったが、何せ見たのはそれ一枚、先生自ら見せてくれた一枚だ。

だから先生の顔は、一緒に過したあの頃のあの顔しか、私ゃ知らない。もう一つは、死の床の顔。

〝新宿の紀伊國屋〟か〝紀伊國屋の新宿〟か

歌舞伎町が、正直こんなになるとは思わなかった。

毎日の如くに通っていた新宿の街で、或る日歌舞伎町を見たのだ。うかつにも私は歌舞伎町を知らずに暮していた。

新宿駅の南口から新宿松竹の前、明治通り、末広亭と、駅前通りを通っての末広亭と、この二コースで、まさか歌舞伎町があんなに育っているとは露知らずだったのだ。

それは正月の浅草の雑踏と同じであった。私は街へ人間が押し合いに行く、というのを知らないのだ。

だからチャップリンの「黄金狂時代《ゴールドラッシュ》」を観た時も、羊の群れが行く、その中に黒い羊がもまれもまれて行く、これがチャップリンなんだよ……と何かに書いてあったが、人が群れて歩く、雑踏をゆく、てぇのが判らなかった。世界の狭いのなんの、いや違う、その分、青空と海と川と緑を知っている。

浅草の正月の如き、歌舞伎町と書いたけれど、その昔の浅草は〝毎日が正月の如き雑踏だったんだよ〟と寄席の先輩の話であった。私の知る浅草の雑踏は正月だけになっていた。浅草の凋落《ちょうらく》の頃だ。それはそのまま現代《いま》に至っているけれど……。その分、新宿は育っていたけど歌舞伎町の人の洪水には驚いた。その間一体俺は、何処《どこ》に居たンだろう、何をしてたのだろう、新宿の成長を見過していたのだ。その先頭に文化を掲げた紀伊國屋書店があり、総帥・田辺茂一のエネルギーが漲《みなぎ》っていたのであろうに……。

馬と牛の糞の内藤新宿の頃はさて置いて、その発展の総帥と任ずる紀伊國屋の御大《おんたい》にとっては、目の前の中村屋なんざぁ、〝なんだいありゃぁ〟であり、その〝何だいありゃぁ〟が一流となっているのはどうも面白くなかったみたいで、「昔はあんなもの……」と、よく悪口をいっていた、いや本当のことを喋ってくれた。

「客が来ないんだヨ、中村屋は、……しょうがないからサクラを使って並ばせたりしてたよ。正月もネ、祝儀を切らないから、鳶《とび》の者も行かないいんだ。紀伊國屋《うち》の前では盛大な儀式をやったけどネ……」

「じゃあ先生、いま流行《はや》ってるレストランの車屋なんざぁ……」

「冗談いうなよ、バカもいい加減にしろや」といったっけ。

新宿の街が発展し、私も結婚し、多摩川辺りの東京のはずれから目黒に新居？を構え、やがてその新宿に住むようになった私、これにもいささか理由《わけ》があって、その理由《わけ》は一度でいいから紅灯の巷《ちまた》に住みたかったのである。

家を出れば、もうそこは赤い灯青い灯、酒があり、女がいて、雑踏があり、夜と朝が遅く……という、そういう街に住みたかったので、そういう街に住みましたよ。

そこで二人の子供もでき、大きくなり、談志《わたし》は落語家を続けていった或る日、最近だ、ふと新宿へ出たら、なんと道に迷ってしまったのだ。まして地下街から出てくると、右も左も判らなくなる。昔、運動会で目隠しをしてグル〳〵っと回して後ろ向きに走らせた競技があったが、あれ何といったか忘れたが、あれに近い状態だった。

新宿が途方もなく大きく繁盛していき、紀伊國屋書店はその中心にあるのだから、当然繁盛して大きくなっていった。

中心にあったから、全て繁盛するとは限らないが、少なくとも住んでいるそのビルの地代は上がっているはずだ。紀伊國屋書店も着々と大きくなっていったところを見ると、スタッフがいいのだろう。

「隙を見せてんだよ。俺がだらしがないと思うから、社員《みんな》がやるんだよ」

てなことをいってたっけなあ。

何かてえと先生、〝新宿の紀伊國屋〟といっていたけれど、本心は紀伊國屋があるから新宿で、〝紀伊國屋の新宿〟だといってたのかも知れナイ。


「俺があんたを見染めたんだ」


「俺があんたを見染めたんだ」と、田辺先生がいったことを覚えている。

してみりゃ、俺様ぁ、田辺[*5]の旦那に見染められたのだから偉いもんだ。ついでにもう一言。かの天才、手塚治虫先生にも見染められていた、というか、信頼?·されていた、ていうか、買われていたのだからこれまた凄い。

だから、並の奴らにいくら嫌われてもこれっぽっちも驚かない。

こちとらぁ、手塚先生に支持されてたんだ……糞でも喰え……。

これぇ聞いたら手塚先生、困った顔をして、「そんなつもりで褒めたんじゃあないのに……」というかもネ……。でも、〝こちとら、田辺先生に認めて貰ってんだ〟とはいえない。いっても相手は判らナイ。けど凄いことなんだがなぁ……。ま、いいや。

田辺先生との初対面は、何処《どこ》だったかなぁ……覚えていない。過ぎ去ったことはたいがい憶えていない。現在《いま》、覚えることがありすぎるのか。そんなことはないか。ならいつも楽しく時間を過しているせいか。そうかも知れナイ。きっとそうだ、そう決めた。人間決めたほうが楽だ。

溜池にあった、道路沿いの中華料理屋だったような気もする。

「そうだよ」と相手にいわれれば納得もするが、美味《うま》い店だとは記憶にあるが、田辺先生が居た、という覚えはない。

待てよ、その後か、その店に一緒にいた記憶はあるが、初対面は別の処《ところ》かな……ま、いいや、ナンダカワカンナイ……。

たいしたことじゃあない。

いつの頃から尊敬し始めたのかも定かでないし、それとて全面的に尊敬したのは、むしろ亡くなってからか……。世間並みの言葉でいやぁ、時がたつにつれ徐々にその価値が理解《わか》ってきた、のである。

けど、物事、何事もそうであろうか？　いや違う。中にゃあ、だんだんボロが見えてくるケースもある。

ほとんどがそれだ、若い頃は、相手の社会的立場を優先に見ていたせいもあろう。身体のどこかに〝こいつ、嘘だ〟とは思っていても、まだ、それを表現できず、流されていたが、もう判る。それは当たり前のこと、早い話、昔の人間より、現代《いま》の人のほうが頭がいいのは当然である。それは知識の量のことではあるけれど……。

昔の人の悩みなんざぁ、現代の学問がほとんど解決してくれている。

人間の心、真理、それも解決してくれている。しかし科学という知識では解決できない問題もあり、〝それは科学で解決できないよ〟という知識も先生ちゃーんと持っていて、それらを含めた私なりの解決の結果と田辺茂一は、私の頭でイコールなのである。

よく、昔の人達に疎外されなかったもんだ。

田辺先生のことを、その頃、理解《わか》ってなかった、と書いたと同様、我が尊敬する天才・手塚治虫先生のことも、第二の人生の師匠兼哥《あに》さんの色川武大《いろかわたけひろ》*6先生のことも、これまた理解《わか》っていなかった。それはその頃の対談集『談志十番勝負』を読むとよく判る。

一口にいやぁ、巨人に対して己の意見と自分の存在をアピールしていたのみで、ま、これは仕方ない。人格と経験と内容の差であるのだから……。

ヒドかった先生の駄洒落

尊敬する我が田辺先生駄洒落ばっかりいってたが、その駄洒落を私は軽蔑した。だって、あまりにも非道《ひど》いんだもン……。

先生煙草を吸う、いや吹かすだけ。ピースの両切りの缶入りだ。一日に約百五十本。で、相手はライターに火を点ける。ところが、なかなかこの火を点けようとしない。正確にいうと火を近づけても自分から煙草を吸わないから火が点かない。マッチの場合も同様だから相手の女、まあ夜の場合はその対象はほとんどホステスだが、マッチは燃えてしまって〝熱《あ》っち〟となる。相手のサービスを無視するのだ。

私にはそれはなかったが、それに近いことはある。妙な癖だ。嫌な癖だ。しかし相手は、あの古狸だ、何か理由はあったろう。ま、いいか。おっと、これは田辺茂一の口癖で、何か、面倒になると「アー、ま、いいや」。

イケネエ、駄洒落の話だっけ……。

ライターを近づけると早速始まる。

「ライターか、仮面ライターだ……」

面白くもなんともない。ましてこちとら落語家だ、真打ちだ、立川談志だ、売れっ子だ、もう他にないかな、あった参議院議員だった。

「何それ？」

「洒落だ」

「そんな洒落があるかい。すると何かい、ライターとライダーを引っ掛けたのか……」

「確かめないと判らないんだ」

この逆襲が楽しかった。

ついでにいうと、田辺先生曰く、

「駄洒落はいい。何でもいい。頭の回転になるし、第一〝人間二人以上居て黙っているのは陰険だ〟」

これはいい、たしかに人間二人以上居て黙っているなぁ陰険であろう。さもなきゃあ、余程くたびれているか、困っているか、だ。

ま、確かに理屈はその通りかも知れねども、田辺先生の駄洒落は酷い、非道い、ヒド過ぎる。

　まして寄席の世界では駄洒落は禁物、タブーなのだ。洒落はいい、洒落た会話はいいのだが、駄がつくと、これは不可《いけ》ない。下手ぁすりゃぁブン撲られる。何せ駄洒落の駄は、駄犬の駄、駄菓子、駄喋《だべ》り、駄内閣……関係ねぇか……。

　寄席の世界では、駄洒落をいうとその時ランクが一段も二段も下がるのである。同クラスの芸人に駄洒落をいうと「オイ、何だい、この人ぁ、弱ったネ、お帰りよ……」となり、先輩が後輩にいった場合は、いわれた後輩は先輩・師匠とこの時は対等に口をきくのを許される。

　師匠のほうも、

「師匠、御機嫌なんですね」

「そうですよ、私ゃ、御機嫌なんですよ」

と、こうなる仕組みの世界だ。

だから、もし、もしも、前座が二つ目に、二つ目が真打ちに、真打ちが大看板に、もし、もしも、もしも、駄洒落をいおうもんなら、下手をすりゃぁクビもんである。

　そのことは田辺先生にもいったことがあるはずなのに……。

でも、先生はいう。自称、夜の市長であり、帝王の田辺茂一。それも即席ばかりではなく、作ってくるから涙ぐましい、いや困る。長いし、下手だし、実に聞くに堪《た》えない代物《しろもの》なのだ。聞くに堪えないのを書いてみる。読むに堪えないと思うけれど……。

「ホテルでお茶を飲んで、サインで払おうとしたら現金でないと駄目だ、というんだよ」

ははあ、始まったな、と思うから、

「それで、何がいいたいのよ、早くしてくれい」

「あ、もぉ、あせってるね」

「別にあせってやしねぇよ、で何なんだい」

「聞きたいだろう」

「聞きたかないよ。けど、これを否定しちゃうと一緒に居る意義がなくなっちまうしな」

「深い意義はいらないんだ」

「ま、いいよ、で、お茶が、どうしたって」

「そこでいってやったい。〝現金《げんなま》にティ出すな〟」

「ツマラねぇ。なんだそうか、手とティだ。まして作り方も間違ってらぁ。お茶を出すほうが現金を出した客にお茶を引っ込めて〝現金に茶《ティ》出すな〟というならいいが自分でいったんじゃぁ話が違わぁな……」

「ワイキキでぇ、短いアロハシャツが流行《はや》っててネ」

また始まった、である。

「いいよ」

「自分でできないから嫉妬だナ」

「何ィいいやがる、誰が駄洒落に嫉妬なんかするかいナ。これは軽蔑というんだ、理解《わか》るかいセンセイよ」

聞き手は私一人じゃないし、たいがいはＢＡＲだ、クラブだときてるから周囲《まわ》りにゃ人が居る。つまり、客と、ホステスという名の女給達。

相手は商売だから一応聞きに回る。

「先生、短いアロハがどうしたの？」

「短いから、おヘソが見えるんだ」

「それで？」

「油を身体に塗ってあるから、チリがおヘソについてえ」

「長いなぁ、何だよ、早くしてくれい」と私。

「早く聞きたいんだな、期待で一杯か、はやる気持ちはよく理解《わか》る」

「言い訳いうない、イラ〳〵して堪らねぇからいってんだい」

「ま、いいか。つまり、アロハにおヘソ。チリぬるを……」

ほとんどがこの手合い、この程度、つまりヒドいダジャレ。駄洒落そのものがイケナイのに、それがまたヒドい。

いくらかいいのがあったっけ。日本航空の機内食にそばが出た。これは「ＪＡＬそばだ」とサ。どうやら世間に通用する?作品はこれ一つだった。

当方《こっち》も聞かされてるだけじゃあシャクだから、同様なのをタマには演《や》る。

アラブから帰ってきたら、センセイに会った。会うったっていつもの場所に行きゃぁ居る、夜のコースは判ってる。

「どうだい、アラブは」

「アラブに油を売りにいったのは私だけだネ」

「いうねぇ、暑かったかい」

「クウェート辺り夜になると寒いくらいで、エリ巻きをしてますよ」

「……?……」

「クウェート（毛糸）のエリ巻きだ」

先生、他人の駄洒落にゃ怒れナイ。もっとも怒った日にゃ筋が通らなくなる。

口癖は〝アー、ナンダカワカンナイ〟

そうそう、田辺茂一を語るにゃあ、何はともあれ、あの先生の夜の口調というか、酒の入った喋り方、つまり田辺節?を説明せにゃならぬ……のである。

世間でいわれている如く、まったく昼と夜の顔の違う人物で、何で、あんなに変えるのか。物事何でも理由《わけ》のある事だからナニかがあるのだろうし、〝ナニかがあった〟ことは確かなのだが、そのナニかがナニか、判らナイ。先生の昼間のあの顔を称して仏頂面という。相手のとりつく島もないような顔と態度だ。

まあ、夜の仲間?の私には、さすがにそれは無かったが、むしろそれをしないのにチョイ無理を感じたっけ。

そのくせ、仏頂面にも何故《なぜ》かムリがあった。〝いや、あれネ、紀伊國屋の店《うち》には社長が二人居るんだよ〟とは判りやすい分解である。つまり田辺茂一が二人居る、ということになると物事簡単でよく理解《わか》る。昼の会社の田辺茂一と夜の酒場の田辺茂一、いや田辺茂二か。

その昼の仏頂面で、ＢＡＲのカウンターに夕刻から座っている。先生の鎮座ましますその場所は、銀座は泰明小学校の前の露地を入った右側地下一階のごく普通の店で、その店名を「美弥《みや》」という、これまた普通の名の店で、此処《ここ》が私達の溜まり場であった。いや、先生亡き現在《いま》もそうで、その酒の棚には先生のサインと、名物のカバンが置いてあり、いつ先生が来てもいいように待っている。

安い店だ。もっともそうでなきゃぁ毎晩飲んでは居られナイ。元は銀座の並のクラブだったのをマスターに頼んで私達の巣にしてもらった。つまり〝安くしてくれないかなあ、その代わり「客」という有名人を常連にするから〟と掛け合い、その通りに芸人、文士、プロスポーツマン、政治家、ヤクザ……ま、早い話、私の友人達と、その友人の友人が友人を連れてくるという案配《あんばい》で、夜の居場所はこの店に電話をすると、そのほとんどが判った。

「いま、談志さんは田辺先生と〝姫〟に行きました」「三平*7さんは円鏡*8さんと、もうすぐ来ます、松平直樹*9さんは〝ラモール〟です」てなもんだった。

その連絡所である。銀座一安い？「美弥」の勘定もセンセイ払わなかった。

「俺がカウンターにいるだけでこの店が様《さま》になる」

その通りである、嘘じゃあない、けど、それと払いは別だろうが……。勿論この家のマスター、先生から勘定取ろうなんていう了見もない。

会社から直行なのだから、運転手も付き人も居ない。独りシェド帽かぶって、重いカバンをさげて、背を丸めて歩いてくるのだ。この姿を見た人が、田辺茂一を知らない人が見たらどう見るかしら。まず粋人とは見まい、といってけっして只の老人ではない。

　歳をとってはいたが田辺師匠は元気だった。文楽師匠[*10]も、志ん生師匠も、そこ〳〵その頃……、てえとつまり酒を飲める時代は元気であった。けど我が田辺亭は違うのである。元気に歩かないのだ。当人も常にいってた如く軽荷主義であり、そのうちに〝人生漂っているんだ……〟となったが、その意識で歩いていたのだろうか、だとしたらその意識も歩く姿に表れたろうに……。

　それはないのだ。〝飄々《ひょうひょう》〟なんて軽薄なものではとてもない、といって普通にしているのでもなさそうだ……ナンダろう？　アー、ナンダカワカンナイ。これも紀伊國屋の口癖の一つだ。やっぱり先生って粋人だったのかねぇ。いや夜のおつき合いから判断すりゃ、粋の部分もないことはないが、よくて酔人ってところかな……。

　先生いろ〳〵いう、あれこれ喋るその内に、相手に理解《わか》らせようとしている会話がメロになり、それが相手に通じない、と思った時のフレーズが、〝アー、ナンダカワカンナイ〟とくるのだが……。いい過ぎたり、相手の知能より、己の会話が上をいき、差が出たナ、と感じた時も、これをやる。

「アー、ナンダカワカンナイ。いい過ぎたか、気にしない」

ついでに書くが、いや大事なことだから書くが、田辺御大《おんたい》の会話の調子、つまり、リズムとメロディだ。

昼間……つまり酒が入ってない時はモソ〳〵喋っているのだから、一口にいやぁ〝口跡《こうせき》が悪い〟とこうなる。それも最悪に近いエロキューションである。

もっといやぁ、不鮮明なのだ。加えて、その不鮮明に己が酔っているようでもあり、それを風格だと思っているようにも見えた。勿論喋りに内容はある。充分にある。しかし素人受けはしない。だって相手にゃ判別《わか》らないのだから……。故・大平正芳に似てたっけ。

この人、つまり田辺茂一は会社の経営者であるくせに、社員等と討議や議論をしたことがないのではなかろうか。それも若き頃からである。

他人が喋ってる、議論してる、モメている、それをあの風貌で、見るとも、見ないとも判りにくいような態度で眺めていたのではないか。いや眺めてもいない。あまり存在もないが如くに他には思えたろうに。

酔人・田辺亭の会話

こんな昔の自慢話をしたことがあった。……もっとも先生の話はたいがい自慢話だ。或る時私はいったねえ。

「先生の話は聞いていると自慢話ばかりだ」

相手は凄い、さすが茂一だ。

「これでも随分抑えてるんだ……」

我がつら〳〵思いみるに、己の話なんざぁ自慢話でいいのだ、自慢話という己の歴史の肯定を語っているのだもの……。

私もいわれることがありそうなので、先に弁明する。私の生活態度っていやぁ、全て己の情況の釈明説明からなる……。ま、いいや、いやよくないからこれまた弁明をする。

「談志さんは自慢話ばかりしてますねえ」

「というあんたはどんな話をするんだい」

「私は談志さんと違って自分の失敗談を喋りますよ」

何をいやぁがる、「その失敗談ができるという自慢話なんじゃねえか」と私は即いう。

すぐ話がそれる。これも自慢話だ。

「私ねえ……」とこれ田辺さんの自慢話だよ。

「学生の頃、サッカーをやっていて……」

ちなみに昔はサッカーといわなかった、蹴球《しゅうきゅう》といったはずだ。

「あまり争わないんだよ。或る時、勝負とあまり関係のない場所に居たら、そこに球が飛んできたから、それを蹴ったら勝利になった……人生、そんなもんさ……」とサ。

この時は素面《しらふ》の会話だから、モソ〳〵のモソの喋りだが……あれ？　家元は一体何を書くつもりだったんでしたかいな。

えーと、そう、ホレ、なんだ、田辺亭の酔った時の会話の再現だ。表現だ……。これは難しい。喋りゃ簡単なのだが……。えーい面倒、喋りのまま書いてやる。

モソ〳〵話から、或る時一瞬のうちに変わるのだ。ストレートを、オールドパーを舐《な》めるように飲んでいるうちに……。

グエッ、ガァーッ、ウォー、アワァー、グォー、この叫び、獅子吼《ししく》の如き声……いや、音に大声のモソ弁がミックスされるから表現しがたい音だ。

「グエッ、居るねえ、遠い所（カウンター）から見てるねぇ。グエッ、見てたって俺の内容は理解《わか》らない。ガァーッ、そばへ寄り難いのか、当然だ。こっちは威厳がある。ウォッー、本屋の大社長だ。ガアッ、お姿を遠くで拝んでるところに、ま、可愛さがあるネ。ガアッ、まあ並の人間だナ。〝グァー、ゴォー〟、無理して聞こえないフリしてらァ。ガァーッ、ウゲェ……アー、ナンダカワカンナイ、ま、いいや……」

「喧《うる》さいよ」

「都会は住んでて喧《うる》さいか、アー、ま、いいや、ナンダカワカンナイ、いい過ぎたが気にしない……」

とこういう調子なのだが、読んでてナンダカワカンナイだろう。そういえば、〝ワカンねえだろうなあ〟という芸人がいたっけ……。

その頃の田辺先生の生活のリズムというか、その実態は知らナイ。

別に知ろうともしなかった。ナニ、これは田辺先生のことばかりではない、私ゃ、どうも他人の生活というものに興味がないらしい。

興味がないから、その部分を補ってあげる、という親切に欠ける。〝欠ける〟どころか、まるっきりない。

ま、相手が喋りゃあ相槌を打つし、時によっては相談にも乗るが……。

まてよ、ほとんど乗ラナイ、嫌なのかも知れナイ。

〝相手の生活に興味がない〟のか、〝トラブル?が面倒〟なのか、ま、前者が先であろう。

早い話手前勝手、エゴイストか……、ナンダカワカンナイ、気にしない。

だから田辺先生で知っていることといやぁ、渋谷の鉢山町の古い家に独り住まい。あとは女中さんがこれも一人、そこから、迎えの車で、新宿の紀伊國屋の社長室、そこには有名な人の書か画があった。欲しいなと思ったのもたしかあった。つまり私でも判る有名な人の書か画があった。

で、昼間は寝てるのだろう。一度社長室に何気なく寄った時には寝てござった。

「何だァ、昼間寝てるから夜元気なんだ」

「いろ〳〵秘密はある」とサ。


「人生曇ってていいのだよ」


石原慎太郎[*11]と喧嘩をしてた、のべつに喧嘩をしていた頃だ。私が演《や》った日航の機内放送の落語「権兵ェ狸」に、石原を揶揄《から》かった部分があり、それに石原がクレームをつけた。その頃何かの大臣だったが、彼の権限で日本航空の私の放送をカットしたのだ。

頭ぁきたと、喧嘩ぁ好きだからたまらない、上等だ、手前ぇだけの都合で庶民の芸術をないものにしやがった、さあ来い、と意気まき、このイキサツを所々方々で喋りまくった。

所々方々だから、当然、そこに田辺茂一が居た時も出てくる。

聞いたセンセイ、

「ガァハッ若いから、世の中、〝雨と晴れ〟しかないと思ってらぁ……」

こン時ゃ、直ぐ理解《わか》った。その通りだ、世の中、曇りもあらぁ、曇ってたっていいのだ。いや、日本人曇っているのが好きなのだ。なに日本人だけではあるまいに、まして人生の大人は、見事に曇ってるのだが、それに到達しない若さという時期、または正義は絶対なものと信じている人は、ことの白と黒とをつけないと収まらないのであろう、もし、それを正義というものだとしたら、正義は怖い、恐ろしいものでもある。もっというと〝それらの行為〟に正義という名を冠《つ》けないと、その行為が正当化できない程度のものかも知れないのに……。

立川談志、落語立川流家元と名乗るようになり、人生を教えてくれていた田辺先生に死なれもう何年か。いまだに「人生曇っててていいのだよ」と教わったのに……、頭では、この通り理解しているつもりでも、その行動の全ては三人称的判断と、言い訳しないと行動できないし、それがこの時世に適合《あ》っていると思って生きているが。どっちが得かワカラナイ。けど、私にはその〝曇り〟がこよなく欲しかったし、いまでも時折それが私の人生に、芸に入って来たか……と思い、それをいってくれる他人もあるが、やはりダメだ。「持ったが病」と昔の人はいったがその通り、〝晴れ〟と〝雨〟しかないのである。

もっとも変わらないから性格という……。

石原さんとは、手打ちをして、ウヤムヤ……つまり〝曇り〟。

この前の選挙にも応援に行ったし、関係ないか……。

田辺先生の物のポンポコポンを見る目……。このポンポコポンとは落語「鮑《あわび》のし」の中にあるフレーズだ。

「お前なんざぁ、物の……ポンポコポンがワカラナイだろう……」。つまり〝根本〟のことを間違っていうフレーズ？　私達は、〝物の根本〟なんていう照れる熟語は使えない。で、物のポンポコポン、という。のべつに言い訳の回答、これを解説という。

その着目は、新聞や雑誌などでの先生の身の上相談にもよく表われていて、他の人としてらぁ……。一味も二味も違っていた。

「ガァーッ、三味《みあじ》違う、三味美智也だ……」

いいそうだなぁ……。

銀座の花売り婆ぁ

話を前のＢＡＲからつなげることにする。

社長業を終えて、夜の出勤。社長業たって別に何ンにもしてないように見えた。「俺がだらしがない、と思っているから社員《みんな》が一生懸命やるンだ」とは本音とは思わないが、そう思わせる部分があったから、この行為は成功していたとするか……。

ＢＡＲからクラブ、そして深夜のクラブ、ＧＯＧＯが流れれば、真っ先に流行の先端であった赤坂は「夢幻」にも出向く。いまならさしずめ「ジュリアナ東京」というところか。勝手に踊り、興が乗り〝ソレーッ〟とくると背広を脱ぎ、吊りズボンを外し、パンツまで脱ごうとするが、さすがに取り巻き（俺達のことだが、私ではない誰か）に、「先生そこまで……」とまた穿かされ、着せられる。

ＢＡＲからクラブへ先生のおカバンを持たせていただいてのお供、花売りの婆ぁが寄ってくる。

岡晴夫《おかっぱる》の唄にゃあ「花売り娘」とあるが、ナニこっちが知った頃の花売りは全て婆ぁであった。その花売り婆ぁの売り込みに先生、

「まあ、いいよ、不要《いら》ない、まただ……」

そりゃそうだ、のべつ幕無しに近づく花売り、毎夜銀座を歩くのだから、いち〳〵花ァ買ってた日にゃ邪魔だし、銭がかかって仕様がない。女給に買ってったって別に喜ばないし、これまた邪魔っけである。で、おカバン持ちのお供としては、先生をカバーするのが義務だから、

「いいよ、不要《いら》ないよ、先生が不要ないっていってるじゃねぇか。しつこいよ……」とあまりいい役どころではないが、お供の只酒だぁ、これも仕事、ヨイショの内と、右に左に花売りを追い払ったネ。

で、クラブに入ったら何と田辺先生、花束ぁ抱えてケツカル。

「どうしたの先生、その花ァ？」

「ウン」

「買ったのかい」

「ウン」

〝ウン〟じゃあねえや。なら最初から断るなよ。そっちが迷惑そうにしてたから、こっちは断ったんだ。ガードしてやってんだ、買うなよな、だらしがねぇ……。

「ガァーッ、最後まで断れない、育ちが違う」

ファンてぇのは不作法なもの

クラブに入っていく。

カウンターに腰掛けた。若い奴らは一流企業の先兵達か。田辺先生の姿を見て、

「田辺先生、いつもお世話になってます」

と、こうまぁ、よくいう挨拶だ。

「先生お世話になってます」

と二、三人の若い客が、口々に田辺さんにあびせたら、

「なら返せよ」

だとさ。いい気持ちだった。成程その通りだ。〝お世話になってる〟ンなら返しゃいい。

それだけだ、それまでだ。

石原慎太郎もいってたが、通りがかりの奴が「石原さん頑張ってください」ってよくいうが、「何をいいやがる。俺は頑張ってるじゃねえか」と慎太郎氏は怒ってた。

だからいってやるんだ。「俺は頑張ってるよ、お前は何やってんだ」とネ。

家元はまた違う。

「家元頑張ってください」

「嫌だ」

　これだけ。

「家元、私、師匠のファンなんですよ」

「だから何だい？」

　これで終わり。

　たいがい、この種の返答だ。

「ねぇ師匠、俺知ってる？」

「知らナイ」

「……？　昔……師匠が……」

「知らナイ、覚えてナイ」

　だいたい、切り口上で、〝あなたのファンです〟とか、〝俺知ってる？〟なんざぁロクな奴じゃないし。

〝ファンだから〟と関わりを持たされちゃあ迷惑千万《せんばん》なのに、ほとんどの芸人は、この文句に抗し難い。サインを求められて喜び、握手を求められればその通り。

〝こちとらぁ、するもんか〟である。

ま、二十数年、二タ昔以前に選挙に出た時はやったがネ。あれ、手が痛くなる。世の中の奴ぁ、バカだから、こちとらの手を堅く握りしめやがる。たまったもんじゃあねぇ。サインなんぞ頼まれると本当に嫌だ。銭ィ持ってくるなら我慢もするが……、ところがチョイと人間顔を知られるようになると、相手はそれが当たり前の如く、色紙を出す、色紙ならまだ許せる、〝アラァ……何か……書いてぇ〟と紙っ切れを出す奴が出てくる。瞬間的に欲しくなるのは判るけど、これ失礼だ。

ところが、この紙っ切れに書いてやると、脇で見てたバカが何と感動して褒《ほ》める。

「偉いねぇ師匠は。あの紙っ切れに嫌な顔一つしないで書いていたのは凄いですネ」

バカをいうな、いやバカだからバカをいってるんだろう。こちとらの嫌な顔が判らないのだ。サインを紙っ切れに頼んだ不作法も考えないのだ。この種が多いから仕方なく芸人どももサインというケースになるが、相手が多勢《おおぜい》の場合、途中で断ると残った者からまた文句が出る。

サインなんかしないほうがいい。まして食い物屋などで、カウンターの上に並べられた油のしみたサイン数の内にされた日にゃ、家元のプライドが許さない。

どうしても……の状態になりゃ、家元のサインは、

「我慢して喰うべし」と書く。

たいがい、この洒落、いや本質が理解《わか》らない。

「キツイですネェ師匠ォ……」だとさ。

あとは、

「勝手にしろ」「黙れ」「俺ぁ知らねぇ」

「火の用心」「カレーライス」「小便無用」等々。

いつだったか、女子大生という女に、

「ねぇサインして」

「嫌だよ」

「いいじゃない、サイン、何でもいいから」

〝何でもいい〟とよ、向こうは遠慮したかぁ知らねぇけど「何でもいいは面白くない」。

面白くない時は面白くする性分だから、出された色紙にを大きく描いて、立川談志……。

「嫌だな、これぇー」

「いいじゃねえか、家元のサイン入りのオマンコだ、なんで駄目なんだい」

「だってえ、これ部屋に飾っとけナーイ」

だとサ。

「天上の声は姿もなく匂いもなし」


先生のサインは「天上の声は姿もなく匂いもなし」。

「何だいこりゃ」

「つまり、神の声は形も匂いもないんだよ」だとサ。

こっちは自分が理解《わか》ンないもんなぁ、判ンないんだから素直だし、もし判らせたきゃあチャンとこっちに理解《わか》らせろ……であるから、どこでも平気、怖かない、驚かない。もっともそういうと、その次元で相手はこちとらを無知として、軽蔑にかかる手合いも多くいる。そんな奴は「知っちゃいねぇ」であるからこれまた驚かない。だいたい「人間に対して驚かない。どんな偉い奴にも驚かない」。

「かァーいうねぇ、相手の偉さに気がつかないンだ」

「ということは偉くねえんだよ」

「理解《わか》ンないんだ」

「それでいいじゃねえか」

「居直りか、ま、いいや」

と、こうなる。

〝天上の声は姿もなく匂いもなし〟なんざぁ、いまだに理解《わか》らない。面白くもなんともない。

「落葉は秋風を恨まない」

とも先生よく書いていたっけな。

ま、己の人生の肯定だろうが、〝勝手にしろい〟である。教訓のつもりかも知れないが、自分の性格の肯定、正当化である。

「そういう考え方、いい方がよくない。素直にその言葉を受け入れればいいのに、いい言葉じゃないの」

これは我が女房殿の言葉である。

家元は、この女房殿を大切にしている、これくらい大切にしている亭主もそうはいない。女房というより〝天使〟だと思っている。

で、この天使クンも田辺先生に随分お世話になった、ついでに娘も伜も……ホイ、我が家のことはどうでもいい。田辺先生のサインの話だ。

〝落葉は秋風を恨まない〟とはいうけれど、勝手に決めンなよ、である。秋風を恨む落ち葉だってあるだろう、であり、それを恨んではイケナイってなぁ学習であり、教育であって、恨むのが人間だ……と落語家立川談志としてはこうなる。

「親切だけが他人《ひと》を説得する」とも書いた。

チョイいいな、と思って、

「先生、これ使ってもいい？」

「いいよ」

で、よくこの〝親切だけが……〟を色紙に書いた。

その字が定着してきた頃に飽きた。

いつも怒鳴っている自分に合わないし、違ってもいる。本当に他人を説得するのは親切だけだということだが、じゃあ、その〝親切〟って一体何ンなんだろう……と。やめた、昔の漫才の三球〔春日三球・照代。夫婦漫才で一世を風靡した〕じゃないが、

「また眠れなくなっちゃう」

このフレーズも田辺先生よく使ってた。流行《はや》り言葉はすぐ覚えるらしい。

それに流行《はや》り唄も、である。それを自分のパロディにする。それはまた、後で書く。

「〝本屋ならいいよ〟と、一言いって母はこの世を去った」と「美弥」にいまでも、その色紙がある。

「ねえ先生、本屋なら、何故いいんだい？　魚屋じゃあ駄目なのかい？」

「かァ」

それだけ。

「垢は人間の幅だ」

色紙の話をもう一つ。

先生が「垢は人間の幅だ」と書いたのを見た。私に書いたのか、他の誰かに書いたかは忘れたが、印象深い。これはいい文句だ。納得できる。

落語に「半分垢」というのがある。

上方で修業をして江戸に帰ってきた角力《すもう》とりに、〝お帰りなさい〟と挨拶、見物にきた御近所ヒイキにその女房が吹くだけ吹く。

「お内儀さん、関取が修業からお帰りになったそうで」

「ええ、今朝方帰りました。いま寝《やす》んでます。起こしましょうか」

「いやいや旅の疲れだ、ゆっくりさせてあげてくださいよ。それにしても関取は、また一段と大きくなって戻ったんでしょうねぇ」

「ええ、もう、その大きいったらないんですよ。何しろ〝いま、帰った〟って戸を叩いたのが何と二階の戸なんですよう」

「ほう！」

「慌てて、飛び出したら私の顔がうちの人の脛《すね》に当たりましたよ、痛かった」

「大きいなぁ……」

「もう大きいったって、まるで大入道、目の玉なんか、タドンより大きいし、御飯は一どきに五、六升食べるようになったというし、何でも帰りの道中で牛を三匹踏み殺した……」

「こりゃあ凄いや。来場所が楽しみだ。起きたら関取によろしく……」

と帰っていった。

「オイ、こら女房」

「アラ、お前さん起きてたのかい。起きてたンなら皆様に顔を見せたらよかったのに」

「バカいうな。顔が出せるか。大きなことをいいやがって。〝二階を叩いた〟とか、〝牛を踏み殺した〟のと吹きやがって。そこにワシが顔を出してみろ。何だ、それほどでもないといわれるのに決まってるだろうが」

「そうかしら」

「何が〝そうかしら〟だ。バカヤロウ。いいかこういう話がある。ワシが上方よりの帰り道、富士のお山が近い茶店で一服していた時だ。そこの茶店の婆さんに、

『朝な夕なに日本一の富士山の姿を見て暮らすのは幸福《しあわ》せなことですなぁ。それにしても富士のお山は大きいですなぁ』

で、その茶店の婆さん何といったと思う。

『でも毎日見ているとさほどにも思わなくなるもんですよ』

『それにしても大きいですなぁ』

『いいえ、ああ見えても半分は雪でございます』

というんだ。それを聞いて見上げた富士の山は、また〝ズン〟と大きく見えたわい。人間とゆうものは、程というものを知らにゃあ駄目じゃい。これからは気をつけろ」

と叱言《こごと》だ。

またぞろ〲やってきた連中。

「お内儀さん、いま聞きましたよ。関取はまた〝ズン〟と大きくなって帰ってきたそうで」

「いいえ、大きくなんてなってませんよ、小さくなって帰ってきましたよ」

「……?……だって、〝いま帰った〟って戸を叩いたら、二階だったって」

「いいえ、下の戸を二回叩いたんですよ」

「脛に顔をぶつけたそうで」

「それは関取が、小さいんで、私の脛に顔をぶつけたんですよ」

「そうかい、目がタドンぐらいあるって……」

「顔がタドンぐらいなんですよ」

「道中牛を三匹踏み殺したって」

「虫を三匹踏み殺したんで……」

このやりとりに呆れた亭主の関取、〝バカなことをいうんじゃあないよ〟と奥から出てきた。

これを見た一同。

「おぅ、関取、お帰ンなさい。大きくなりましたネェ。お内儀さん、嘘じゃねえか、関取はこんなに大きいや」

「いいえ、こう見えても〝半分は垢〟でございますよ」

つまり最初は単なる落語の落ちだと思っていたが、田辺先生の〝垢は人間の幅だ〟を見て、そうか、成程、〝垢は人間の幅〟かぁ、その通りだ、よし、この半分垢という落語を一つ、作り直してやろう……と思ったっけ。

〝思ったっけ〟はいいが、そう思ってもう三十年たっちまった。でも、いまこれを書いた機会に作り直してやる。

素直にいうと、その頃、田辺先生の会話の本質は私にはまだワカラなかった。会話のロジックの妙には感心していたが、モノのポンポコポンは判ってなかったのだ。つまり会話という現象だけを喋っていたのだ。

それを相手にしてくれていた田辺先生は一体どういう了見だったのかしら。

ま、不愉快ではなかった、とはいえるが、他に誰か居なかったのか。

こちとらの内容はとに角、反発、反応だけでも〝よし〟としたのか。

立川談志を遊んでいたのか、遊んでいたのだとしたらこちとら、遊ばれる要素を持っていたのだからそこ〳〵凄い。まして女でなくて田辺先生の遊び相手にされたのならば……。

ちょいと一言いっとくけれど、家元は世間が買うほど自分を買っていない。けど買われている、ということも知っている。そのショーコの一つが田辺先生とのつき合いであるし、手塚先生だ……。ま、いいか。その田辺先生が談志をどう分解、分析……やめた、判るもんか。

居直っていゃあ、人間なんざぁ、不完全もいいとこなのだ。不完全だから言葉でおぎなう。しかし言葉も人間が作ったものだから不完全。だんだん不完全になるのは当たり前……つまり不完全の、不完全……、フカンゼン、アー、ナンダカワカンナイ。

ま、気にしない。

この本、じつに多勢の人が登場する。家元のつき合いが広いのか、知識があり過ぎるのか……。本文でいちいち説明していると話がこんがらかるので、行間に＊をつけた人について、各章の最後に家元なりの注釈をつけておくことにする。

＊1　野坂昭如《あきゆき》　作家。昭和の西鶴？　〝焼け跡闇市派〟と名乗る。子供の頃に養子先の神戸で戦災に遭い、孤児となった経験をもとにした小説『火垂るの墓』や『アメリカひじき』などで知られる。『エロ事師たち』は抜群。立川流では立川転志と名乗る。〔一九三〇－二〇一五〕

＊2　志ん生（五代目古今亭志ん生）　志ん生である。つまり志ん生。彼の生き方が落語という。〔一八九〇－一九七三〕

＊3　夢声《むせい》（徳川夢声）　活動弁士《かつべん》から俳優、ラジオの神様、話芸の神様といわれた文化人。〔一八九四－一九七一〕

＊4　ロッパ（古川緑波）　貴族の出。榎本健一《エノケン》と並び称された喜劇人。エノケンと異なり知識人、知性の人。ロッパの膨大な日記は必読也。〔一九〇三－六一〕

＊5　手塚治虫　手塚先生とダヴィンチを家元は天才と称している。その作品は優しく、勇気があり、美しく、人間とその未来を適切に捉えている。その天才に認められた家元は、芸人として生きていた価値は充分である。〔一九二八－八九〕

＊6　色川武大《たけひろ》　田辺茂一と同様、家元に人生を教えてくれた師匠であり、兄貴。作品『怪しい交遊録』の家元の解説を是非一読。立川流落語会の顧問、他に手塚治虫、中村勘三郎、胡桃沢《くるみざわ》耕史、稲葉修、森繁久弥、石原慎太郎、田村隆一、山藤章二の各氏。〔一九二九－八九〕

＊7　三平（林家三平）　歌笑に次ぐ戦後の爆笑落語家№1。そのエピソードは『談志楽屋噺』に詳しい。〔一九二五－八〇〕

＊8　円鏡　竹蔵から升蔵《ますぞう》、月の家円鏡で真打ち、その後、橘家円蔵となる。家元と同期の落語家。一時ラジオを席捲する。林家三平の弟弟子。まだ何処《どこ》かで生きているらしい……。〔一九三四－二〇一五〕

＊9　松平直樹　「マヒナスターズ」という歌謡コーラスの元祖。甘いマスクと声で女性の人気をさらう。いまも相変わらずの色男。色事師。家元の兄貴分。〔一九三四－〕

＊10　文楽（八代目桂文楽）　世間では〝黒門町〟と呼んだ。志ん生と双璧の落語の名人。「明烏《あけがらす》」「よかちょろ」「酢豆腐」など作品は少ないが他の追随を許さなかった。〔一八九二－一九七一〕

＊11　石原慎太郎　『太陽の季節』で衝撃のデビューをした芥川賞作家。将来の総理大臣をめざして政界入り、自民党三塚派の№2。美男、美丈夫であるのは変わらない。家元とはクサレ縁。〔一九三二－〕

※注釈は単行本時のままとし、〔　〕内に生年・没年を付した。（編集部）

第二章　芸人好き

談志は年寄りキラーである

俺、或るＢＡＲで独り飲んでた。例の「美弥」か。

田辺さんも一緒にカウンターに並んだが、その夜落語家はどこか鬱で、いつものような喋りもしないで黙って飲んでた。

「どっか悪いのかい」と田辺先生。

「いえ、別に……」

この後何といったと思う？　いえ田辺先生が。

凄いことをいった、いやぁがった。

「悪くなきゃ目障りだ」

ドーン。

田辺先生、銀座で嫌がられていた。

「ねえ談ちゃん、田辺先生を何で連れてくンの？」

これは当時銀座のNo.1「姫」の女主人《ママ》、山口洋子[*1]の弁。

この山口さん、洋子さん、ママと……俺ぇ……ま、いいや。死んだら書こう、いい話があるんだがなあ……でも、ま、いいや。

〝田辺先生を何で連れてくるの？〟といわれりゃぁ、さあて、何だろう。まあ世間一般にいやぁ、お旦那《だん》である。別に小遣いをくれる訳ではないが……、「冗談いうな……ゴオッ……」、飲み代《しろ》は向こう持ちが常である。

これが日本人のシステムの素晴らしいところで、とに角先輩が、それも唯、年上というだけで払いを引き受けてくれるのだ。

どれほどこれを利用?させてもらったことか、で、月並な言葉だが（別に断るこたぁない）、年寄りキラー。いや、待てよ。その言葉はまだ無かったが、年配者に可愛がられた事実は多くある。

その代表的な例というか、人というか……それが意外や志ん生師匠と、人形町末広の席《せき》主《てい》石原幸吉氏である。

志ん生師匠には高座と違うエピソードを聞き、同様に席主の本音を石原幸吉氏から聞き出した。

「文楽さんなんて、まだまだですよ。『松山鏡《まつやまかがみ》』なんて、うまいといわれてますけれど、先代の圓生《えんしょう》*2さんに較《くら》べたら、問題にならない……」

私もそう思う。勿論先代五代目圓生は知らない、けどその芸歴、人格は充分に想像できる。芸歴、人格と書いたが、芸は人格だ、人格というそのパーソナリティが芸そのものなのだ……。

それに奇術師であり、話芸の、いや人格の、芸の名人、アダチ龍光《りゅうこう》*3師にも気に入られ、吉本の林正之助*4氏からも、貴重な本音を吐いてもらい、そのテープは大切に私のコレクションの棚にある。

林社長が次から次へと話し出す懐かしの吉本の芸人達のエピソードに、社長の時間と健康に気をつかった現在吉本興業社長中邨《なかむら》さんには「談志さん、もう、もう、ね……もう……」といわれたっけサ。そのテープ延々一時間以上もあって。場所は過ぎし日の大阪道頓堀、吉本興業の社長室であった。

だって、私ゃ古いことが好きなんだもン。毎日毎夜過ぎし明治の芸人達の素晴らしさを想い暮しているのだもの……。

話は合うのが当たり前。

「ねえ社長、エンタツが、アチャコ[5]が、三亀松《みきまつ》[6]が、石田一松[7]が、川田義雄[8]に、伯龍[9]が、三語楼[10]が、金語楼[11]が、次郎長の伯山[12]が、大阪に来た時の左楽[13]が、桝井長四郎の貞山[14]が」と聞き、若きタップダンサー中川三郎[15]が、バイオリンの桜井潔[16]が、ピアノの和田肇[17]が、ハットボンボン[18]が、……と次から次と己の思い入れと懐かしき彼等を想う了見をエピソードを向こうに語り、教えて貰うのだから、相手の不満はないはずだ。加えてこっちも売れっ子？だったし……。売れっ子？だったという……は謙遜である。いま現在も売れっ子なのである。……いや、これを自惚《うぬぼ》れという。

中風で倒れた志ん生師を見舞い、林社長同様に懐古談を聞き出した。相手の人格を他の誰よりも現代において認めた上のことだもの、話の樹に花の咲かない訳はない。

その時同行の結城昌治氏[19]に、『志ん生一代』を書いてもらった。強引に〝書かせた〟ともいえる。

「書いたよ、読んだ？」

「読んだよ、でもあんまり面白くねぇや、志ん生師匠の話のほうが面白いや、もっと結城さんの志ん生は出せなかったの？」

に結城さん、「そりゃあ、ムリだヨ」といったのを不覚にも、結城昌治の技芸の足りなさ、と誤解をしたもんだ。

結城さん、御免なさい、その後何度も読んでいるうちにだん〳〵理解《わか》ってきました。素晴らしき、結城昌治の志ん生であります。

結城昌治さんの芸評は辛かった

ついでに結城さんとの話を一つ。

これ、どこかで書いたかも知れナイ。『現代落語論PARTⅡ』か『談志楽屋噺』か……。

酒が入っていた。雑誌の対談か何かであった、結城さんも、まだ若く、元気であった。

何で、どうして、そういう話になったかは忘れたが、談志《わたし》の芸の話になった。

まず、結城さんから仕掛けてくるはずはないから、おそらく、いつもの如く、私の自惚《うぬぼ》れ話からきたのだろう。

ハッキリ書きゃあ、

「俺、上手《うま》いだろう」に結城さん、

「上手くないよ」

「聞いたことあんのかい、近頃……」

「あるよ」

「何日？　何処《どこ》で、嘘いえ、来てりゃあ判るよ、まして結城昌治なら……」

「行ったンだよ」

「来てねぇよ、じゃあ俺が何を語ったい」

「……………」

これを押し切った、としたンだから若かった。いえ、いまも若い、若くて青い。

これだけ読むと、談志《わたし》が喧嘩を吹っかけている如くであろうが、語気はいつもの如く、切り口上で喋るから荒いが、別にいい争っている、ということでもない。

日本人の会話を他国の人が聞くと、喧嘩のように思える、というが、それと同じと思って欲しい。
二、三日かな？　五、六日かしたら居たよ客席に、結城昌治が……。
新宿末広亭の高座に上がってヒョイと見たら、サジキの後方《うしろ》のほうで柱の陰に立って聞いてた。

偉い、と思った。

最近〝聞いてた〟か〝聞いてなかった〟か、はどうでもいい。きっと、結城さんだ、聞いていたのだと思う。

けど、そこに来ていた、聞きに来ていた。

〝ヨーシ〟とばかりに大車輪。

私は高座を降り、結城さんは居なかった。

或る日、或る時、（こればっかりだ）逢ったヨ、逢いました。

「こないだ来てたネ、末広亭に」

「ウン」

「どうだい、上手《うま》かったろ」に結城さん、「下手《まず》い」とさ……。

その通りだな……。結城さんなら認める。

酒が入りゃあ、唄い出す踊り出す

イケネエ、年寄りの話だっけ、失礼、年配者の……これもよくないか、年配でなく先輩、先輩達の話だ。それも人生の大先輩、実力者、達人達の話だ。そして田辺御大のことだ。

きっと、何処かで、田辺さんの嬉しい部分《ところ》を擽《くすぐ》っていたに違いない、そうでなければあの無礼を許し、夜ごと一緒に連れて歩いてくれた訳がない。青さと気負いのようなものを愛《め》でてくれたようだったし、どこかで気が合った。

で、〝談ちゃん、田辺先生を何で連れてくンの？〟の山口洋子女史だ。

相手は正直困ってる、ワルい客なのだ。ヘキエキしているのである。

ガォーと怒鳴っているだけだし、よく聞いても言語不明瞭だから、いってる会話はよくワカンナイ。

そのくせ、いい加減に相槌を打とうもんなら即座にくる。

「ガァ、聞こえないくせに、無理して返事ィしてらぁ、サービスにもならねえ、まあ許すか、大御心《おおみこころ》だ」

これも田辺フレーズだ。何かというと〝大御心《おおみこころ》だ〟ときたもんだ。

大御心《おおみこころ》とは、確か、天皇陛下に使う言葉じゃあなかったかしら……。

で、この先生、酒が入りゃあ、唄い出すの踊り出すの、とくるんだから……、それも背広を脱ぎ、これがスタートと蝶ネクタイをとり、吊りズボンのベルトを外す。

〝ソレーェ〟とくる、〝サイェー〟とやる。

フロアで踊る、この踊り、珍や珍、愚劣も愚劣、イエ愚にもつかない。勝手な独り踊りだ。

けど相手は紀伊國屋、加えてお旦那《だんな》だ、周囲《まわ》りが囃《はや》さなきゃあ、こっちで乗ってやる。

一緒にフロアで踊るのだ。
まずはピアノに頼んで青島幸男作詞、[20]萩原哲晶作曲、植木等の[21]「五万節」から始まるのだ。
コミックソングの名人……おっとコミックソングだけ名人の青島幸男の替え唄だ。

〽学校出てから四十年
いまじゃ本屋の大社長
銀座、赤坂、六本木
モテた女が五万人
（ヨイショッー）

「ソレェー」と田辺お旦《だん》那の声、ボルテージは上がるだけ上がる、上がりっぱなし。

〽学校出てから四十年
（「ソレェー」と、ここにも入る田辺吼《ぼ》え）
いまじゃ本屋の大社長

銀座、赤坂、六本木
フラれた女も五万人

あんまり上手くない、面白くもないが、夜だ、酒だ、踊りだ、とくりゃあ、この程度でよろしい。

〽学校出てから四十年
（唄うは私……ナニ、私という程のものに、ほど遠い私だ）
いまじゃ本屋の大社長
銀座、赤坂、六本木
使ったお金が五万円
（ガァーッ）

こうなると、もう、会話なんぞあるものか、まったくライオンの叫びそのもの、これを獅子吼《ししく》と世間ではいう。
本の頁を埋めるために最後まで……やる。もうワンコーラスだ。

〽学校出てから四十年
いまじゃ本屋の大社長
銀座、赤坂、六本木
潰したお店も五万軒

面白くも何ともない、といって、ヤケでもない。つまり成り行き、夜ごとの出来事。時にゃあ、苦情もくる。

曰く「あんまりいい気になるなよ」に、唄いながら、このダンサーにそれとなく目くばせをしたり、苦情の客に手を合わせて謝ってるこっちを尻目に、

「ガァー、うらやましいンだな……」

「ソレェー、いけぇー、ガァー、ウォーッ、気にしない……」

「コラ、オイ、社長、いい加減にしろよ」

「客ぁ手前ェ達だけじゃあねぇよ」

とチョイと凄まれると本屋の大社長、大御心が即座《すぐ》黙っちまう。止めちまう。……これがどうもワカラナイ。

相手がそこ〳〵の文句なら強く出るくせに、チョイと相手が強く出ると、引っ込んじまうのだ。〝なんだ、だらしのねえ……〟〝意気地のねえ奴だ〟

待てよ、相手の文句がチョイトなら、放っておいても構わないけど、相手が強く不快を示したその時は、相手の不快は本気の不快だからと止めたのかしら。

つまり、怒鳴られるまでは構わない、凄まれたら止める……と。

ピアノ弾きジャックの失敗

銀座のクラブに行く、いつもクラブだ、だって先生のほかの生活は知らないんだから……。

昼間は違うもう一人の田辺さんが居た……と前に書いた如くに……私の知る田辺先生は夜の生活しかなかったのかも知れナイ。

それも夜明け近くまでが常だったから、夜半から翌日朝にかけての、男女の濡れるの濡れないの、振るの振られたの、という色模様は見たことがなかった。ま、二、三度例外もあったけれど……。クドいようだが先生が女をクドいている場面も知らナイ。それを見たことはないし艶噺もしない、聞こえていたのは〝ガォーッ、ゴォー〟の田辺音《おん》だけ。

また話がそれた。

その時のお供は私と浜口庫之助[*22]。

〽僕の恋人ォ東京に行っちっチ

〽若い娘がウッフン　黄色い桜んぼォ……

〽夜霧よォ、今夜もォ、有り難ォう

の浜庫《はまくら》さんで、私はお供で浜庫さんは連れ、だったのかな……。

ま、勘定は先生持ちだろうけれど……。

この日のクラブは「ラモール」だった。この店のピアノ弾きのジャックが居たから覚えている。ジャックは何処《どこ》の国の産だか知らナイが、〝ジャック〟というからイギリス人か？　いやアメリカ人かな？　……中国人ではないことは確かだ。

ジャックが早速、紀伊國屋先生の御来店、とヨイショで弾いたのは、連れの浜庫さんを意識しての、〝紀伊國屋チャチャチャチャ〟というチャチャチャチャの旋律で、マヒナスターズの大当たり曲、「愛して愛して愛しちゃったのよ」ときた。
回らぬ口調の日本語で、この曲をチャチャチャにして唄ったヨ。

〽愛しちゃったのヨ
愛しちゃったのヨォ
寝ても、覚めてぇもォ
唯、茂一だぁけぇ

ついでに書いとくが、その時、その時の流行《はや》り唄にモイチという三音を入れるだけだから、どんな曲でもすぐ茂一ソング？になっちまう。

〽唯、茂一だぁけぇ……、まではよかった。
ジャックの奴ぁ、乗りまくってのアドリブは、

〽チャ〱、キ、キノクニヤ、チャ〱
シシユク、オヤマ、キノクニヤ、チャ〱

何をいってるんだか、聞いてて判らなかった。

解説によると、

〽紀伊國屋、チャ〱〱

新宿《シシュク》、青山《オヤマ》、紀伊國屋、チャ〱〱……

なのだ。

「バカやろ、違わい、グェーッ、ガァーッ」……苦笑いに獅子吼が加わった。それもその通り、新宿はいいが青山は違う。あっちはスーパーマーケットだ。つまり紀ノ国屋。

〝あんなものと一緒にされてたまるかい〟だったのである。

そんなことぁ、ジャックは判るはずもない。延々とキノクニヤ、チャ〱〱であった。

でも田辺先生、踊ってた。踊りはやめない、〝ソレェー〟と続く。

「ねぇ、談ちゃん、何で田辺先生連れてくるのヨォ？」

また、ここに戻った。

キリがないから結論をいう。〝俺が売り出してやった〟のである。

〝俺がこの人に惚れてるんだから、この人は本物なんだ……〟とネ。

「バカも休み休みにしろ。俺を売り出させるようなスキを与えてやっているのがワカンネエんだ。若いから無理もない。限界だな。ガァーッ」

「グェーッ、よく、そう高い所から物事を平気で見てられるねぇ……。ま、いいか、ワカンナイだろう」ときたもんだ。

古川ロッパの田辺評

話は変わるが『古川ロッパ昭和日記』という、ロッパの友人・滝大作が苦心惨憺《さんたん》してまとめた大作品、大傑作がある。戦前、戦中、戦後、晩年とわけた、その四巻は凄い。

その膨大な量の日記は、全篇食べ物と自慢噺と恨みの一代記が、知性ある文章に乗っての、大絵巻、大物語でもある。

そのインテリ・ロッパが、日記の中で田辺茂一と会う機会があり、それを楽しみにしていた、と記してある。田辺氏の文章もいい、とまず書いている。ところが、それが会ったら、人の話をまるで聞かズ、駄洒落ばかりいっているので、ガッカリ、期待ハズレであった……と記してある。

何なんだろう、相手は古川ロッパだぜ、まして戦前だからロッパの全盛だ。満都の人気をエノケン[*23]と分け合っていたロッパだ。〝ロッパ如きなど相手にしない〟とはいわせない。といって駄洒落でロッパをもてなした、とも思えない。

照れでもなかろう、いつもの通りに振るまっていた、というのかしら。あの〝ガァーッ〟と駄洒落で己自身をカバーしていたのか。ガードしていたのか……。

そういやぁ、こんな話も想い出した。

或るパーティである。

先生とは、まだつき合いも浅く……「バカいうな、〝つき合いが浅く〟じゃない、〝お供が浅く〟と正しく書くんだ」というだろうが、私にとってその時分珍しいパーティで、ナニ、田辺さんにしてみりゃぁ別に何も珍しくもない。仲間かなんかのパーティだったのだろうが、私にゃ珍しい、つまり上流社会のパーティだ。

「ねぇ先生、あの人は誰?」

「あれは誰々」

「あの人は?」「どこそこの社長」「じゃあ、あの人は?」「あれは日本の大企業の経営者であり」……「次の誰々は?」「名前は知っているけど初めて見た、古き有名文士」等々を次々と教えてもらった。

「あの人は？」

「こうよ」

「あっちは」

「あれよ」

こっちは珍しいし、興奮気味だから、次から次へと思わず聞いたんだろう。

「で、あの人は？」に、

「あのネ、僕は君が思っているより、ずうっと偉いんだヨ」

「……？……判ってますよ、だから何なんです？」

「だから、あんな奴ぁ知らナイヨ……」

これにはタマげたオドロいた……凄え三段論法だ。

でも、これ、生半可な人にゃあいえないよ、いえないし思いもつかない。勿論アドリブだろうしネ。

〝俺は偉いから、あんな奴ぁ知らナイ……〟なんて凄いだろう。

ねえ、ママさん、ワカルでしょう。連れてくるてえのが……。

「談ちゃん、ワ・カ・ン・ナ・イ」

といったかしら、いやどこかで判って、たと思うがなぁ……。

判っていたくせに……。

書きくたびれたので、休憩、一休み〝お中入りィーッ〟。

その間、ＢＧＭ、「茂一のタンゴ」。

〽僕の可愛い、田辺茂一は
赤いマフラーがよく似合うよ
だけど時々、酔っぱらって
僕の心を悩ませる
茂一のタンゴ、タンゴ、タンゴ
田辺茂一はいい男
茂一のタンゴ、タンゴ、タンゴ
本を買うなら、紀伊國屋

いい気なもんだ。これ先生の自作だとサ、ラララ、ランララン……。

そりゃ、そうだ、他にこんな文句を書く奴がいるもんか……。

「茂一は嫌いだ、酔っぱらってもチャンと人を見てやがる」これは漫画の六浦《むつうら》光雄氏[*24]の弁。

休憩後も、相変わりません。田辺先生夜のクラブのお話の続きで……。

これも相変わりません田辺先生のお供でおカバン、銀座のクラブ、何せ、あの頃、毎晩飲んで、毎晩ベロ〳〵だ。我が家の子供、娘と息子は、父親というものは夜明けになってベロ〳〵になって帰ってくるもの、と思っていたろう。

ゴメンネ、いい娘なんだぜ、いい倅なんだよ、両方ちゃんと育ったよ。娘はチョイとあったけれど。これはまあ後ほど……。

三平さんがいた、円鏡もいた……。

円鏡は現在《いま》、円蔵といっているそうだが、その消息は知らナイ。

噂に聞くと江戸川区は平井のほうに淋しく生きているらしい。

青春とは何か

クラブに入りゃ、私とまるで逆なのが三平さん。

すぐマイクを握って「三平です。モゥ大変なんですからぁ……」と始める。

出す。

一人で喋ってりゃいいものを、必ずそこに居合わせた仲間を引き入れ、ステージに呼び出す。

あの三平さんに逆らったって無駄だから、仕方なくクラブのステージに上がる。円鏡はその中間ぐらいの心持ちで、これまた右に倣《なら》え、である。

「では、お客様にお題をいただいて、即興のナゾかけを一つ……」

何とまあ、落語家の芸の無いこと、何ぞというと、このナゾかけだ。

ナゾかけをやる奴ぁ低能だと思ってよろしい。

ちなみにいうと、このナゾかけ、私がクラブ、キャバレーの余興の仕事に使ったのが始まりで、正しくいうとリバイバル。昭和三十年頃の出来事であります。

その頃はキャバレーが全盛であった。そして、どこで区別をするかは知らねども、その上のクラスをクラブといい、そのほかにアルサロというのがあった。アルバイトサロンの略称である。アルバイトの女の子がアルバイトでなく本職となり、客の入りに陰りが出てくると今度は何と〝アルサロ喫茶〟というのができた。アルバイトサロンより、より素人っぽいということなのだろう。其処《そこ》には、その言葉どおりの素人っぽさが確かにあったし、その素人っぽい娘に、私も惚れた。

立川談志、いやまだ柳家小ゑんといって、二つ目になったかならぬの頃で、二十歳そこそこの青春で、早稲田大学の落語研究会《おちけん》に縁ができ、同じ齢頃故に一緒に遊び、〝遊び〟ったたっていま考えると、チャチな遊び、幼稚な行為で、アルサロ喫茶にキャバレー、雨が降っている傷だらけのエロフィルム、安酒。いつの時代にもそれなりの青春はあるのだろうけども、少なくとも自由に物が手に入る現在《いま》とはいささか違っているように思える。

その頃の私を見ていた人は、「談志さんは早稲田大学の出身でしょう」とよくいうが、「早稲田を出てないから俺の今日の価値があるんだ」と威張ってやる。

ついでにいうと、青春とはどんなものか。森田健作[*25]じゃないが、〝青春を再び〟とか〝我が手に〟とか、〝続けろ〟とか、バカはバカだけのことをいってるので、とやこういう筋合いもないが、中には、いい大人が「青春しているんです」なんぞとこきやがる。バカいえ、青春なんてなぁ、そんなもんであってたまるか。子供から大人になって……おっと待ってくれ、この子供から大人になるというのも、果たして簡単にいい切っていいことなのか。

昔は元服という制度が武士《サムライ》にあって、〝今日から大人〟と決めたり、現代でも二十歳《はたち》になると〝成人〟という制度はあるけれど、何をもって大人というのか。昔、徴兵制度という、軍隊へ入れられ、戦うためのマシンが如きものにしなければ、軍国主義である大日本帝国国家は困ったから、それを強《し》いたし、それをしない奴は非国民、といった時代にはそれなりに一つの基準があって、昨日まで遊んでいた子供が、大人の団体に入れられ、その生活を強いられた。

しかし、子供のままで過しても、別に悪いということでもあるまいに。で、このォ子供というのは何なんだろう。まあ見た通り、人間の小さい奴、つまり幼い奴を子供といって、子供は幼いから自分勝手で、相手のことはあまり考えず、場所もわきまえず、したいことを平気でやれる。食べたい時に食べ、眠りたい時に眠り、自分の足らないところは誰かに助けてもらい、嫌なことはしない。好きな人とだけつき合ってる。これが子供であろう。してみると、それでは暮せないというので大人になるとしたら、それで暮せりゃ大人になる必要はないという、こういういい方だってできる。

例によって能書きが長くなったが、青春とは子供から大人になって、毎日がキラ〱してて、右を見ても左を眺めても、いままで知らない世界だ、さあ、嬉しい、興奮する、夢のような日々である。感動し、失敗し、喜び、落胆し、悩み、考え……それを後で考えると、なんであんなことに苦労したのか、なんであんなことで喜んだのか、あんなくだらないことに感動したものか。いま思えばそう思えるその時を〝青春〟というのではないだろうか。

してみりゃ、物事を世間並みに処理できる年齢になって、そこに青春なんてあるもんか。

ふざけんな。

その青春の時にあった一つが、アルサロ喫茶と先に書いた、喫茶店に堅気の若き女性がアルバイトに来ている。そして、そのアルバイトに来ている女性を自分のテーブルに呼ぶことができる。コーヒーがたしか一杯七十幾らか。全部入れて百円未満だったのを憶えている。時間は、そう、一時間。いや、そんなにあるまい。名前がいい。「明日では遅すぎる」「エデンの東」「青い麦」等々を憶えてる。「明日では遅すぎる」という店名に青い果実のようなエロチシズムがあった。懐かしきピア・アンジェリ。[*26]そして、片や「青い麦」は、たしか若きマリナ・ブラディ[*27]であったろう。

キャバレーやクラブで受けた芸人達

私の青春はさておいて、アルサロもアルサロ喫茶も、時代と共に泡の如く消え去って、キャバレーはしたたかに残り、そしてその上のクラブというのが全盛を迎える。

それ〴〵の店に、それ〴〵の女に、働いている男達に、クラブに対するキャバレーの嫉妬や非難。クラブにいわせりゃ、「キャバレーなどという二流の世界」と、見下げた態度。キャバレーにいわせりゃ、「そんなところに来る客は碌でもねえ。金がありゃいいてえもんではない」といい、「器量の悪いのがキャバレーに居るんだよ」「ナニいってんだ、人生、顔だけが勝負じゃないよ」と、まあ、それもそれ〳〵にあったろうに……ところが、その二つの場所がなんと、我々落語家の飯のタネ、糧《かて》になるようになったのである。

それらクラブ、キャバレーの……おっといけねえ、キャバレー、クラブと書かないと、キャバレーの連中から文句が出るか。いや、そのキャバレーも、もはやない。福富太郎、[*28]一人淋しく奮戦と聞く。

そのクラブ、キャバレー……そうか、いま、キャバレーがなくなって、キャバクラというのか。そのキャバクラ……おっと違う、キャバレー&クラブ。そこに必ずショータイムというのが二回あり、八時、十時半、または九時、十一時とあって、中には深夜《ミッドナイト》ショーのある店もあった。それらは当然、酒色の場所である。〝酒色〟、即ち酒と女、色事のことサ。

そこでのショーとくりゃあ一番、当然、当たり前のごとくモテるのが、ストリップティーズだ。その需要に応えるべくキャバレー回りのストリッパー達の顔を、懐かしく思い出す。チト高級なクラブになると、当時流行りの日劇ミュージックホールの踊り子達も出ていた。あとは、曲芸、手品、または見世物に近いものが主流である。そのストリップとか芸人達の名前を順に挙げて出す。伊吹マリ、[*29]メリー松原、ヌードアクロバットのR・テンプル[*30]、ジプシー・ローズ[*31]、美しき吾妻京子、フリーダ松木等々[*32]……の美女、熟女、裸女。

そこへ殴り込みをかけたのが、演芸人。というよりも、ストリップティーズという名の、ただ着物を順に脱いでいくだけの、いっちゃ悪いがさして芸もない踊りに飽きた連中が、寄席芸人に手を伸ばした。その芸種は、先程いった曲芸であり、手品であり、そのうちに声帯模写。名前を挙げりゃ、小野栄一[*33]であるとか、漫談・牧伸二[*34]、そして東京ぼん太[*35]、レッドスネーク・カモンの東京コミックショウ[*36]のショパンと鯉口さん、やがては漫才に及び、W《ダブル》けんじ[*37]の……てんやわんや[*38]が出てたかどうかは定かでないが、という具合になっていく。他にキャバレー専門の芸人がいて、ジョージ吉村[*39]、じゅん高田[*40]など……。

しかし、酒色の場所で物を見せようと聞かせようというのは大変なことである。〝大変なことだ〟、これは小汀利得《おばまりとく》[*41]の物真似、口癖、本で物真似はできないネ。

万度《ばんたび》そこで受けた芸人は、そうはいない。その最たるものは小野栄一であったろう。小野ちゃんが受けないところは誰が行っても駄目だとまでいわれた。その小野栄一の代演に初めてクラブに出、そこそこの評価を得、やがて仕事がくるようになったのが、立川談志である。

まともに喋って受ける訳がない。ついでにいゃあ、談志《わたし》以外に落語家で、クラブでキャバレーで受けた芸人はいない。三平さんがいたかな。しかし、全盛期の芸人はクラブ、キヤバレーを二流と考えていたので、それらへ出ることを拒むと同時に、出ないことを自分のプライドにしていた。その三平さんも最後には出るようになったのは、己の人気が落ちたのか、収入が減ったのか。いやまてよ、キャバレー、クラブのレベルが上がってきたのかも知れない。

田辺さんのことを忘れてた。きっと田辺亭、毎夜の如くこれらの何処《どこ》かに居たはずである。しかし、この時期、私と田辺先生との接点はない。

談志《わたし》以外に受けた落語家は一人もいなかったと書いたが、ハッキリそういい切れる。しかし、落語家も出ていたが一人で出ていないのである。団体で出るのである。曰く、お笑いタッグマッチというが如きに。あとは二、三人でのナゾかけ。やっと話が戻った。

そのほか落語家がキャバレー、クラブ時代の恩恵を受けたのは、それらのクラブの司会である。司会なぞは訳はない。「次は誰それです」といって、それで済むんだもの。受けなくてもかまわない。伝えればそれでいいのだ。

出ていたのは、いまのこん平。[*42]そして今度小勝《こかつ》を名乗る、小勝といっても誰も知るまいが、三升家小勝[*43]という名跡を継ぐ、いや汚す三升家勝二。[*44]橘家文蔵[*45]といまいってる勢蔵。まして勢蔵に至っては、〝生活のために仕方がない〟というのを司会の態度にあり〳〵と見せるので、さすがに私も腹が立った。「勢ちゃん、嫌ならよせよ」といったことがある。

どうでもいいか。

長々と書いたが、クラブやキャバレーでまともに喋ったって受けるものか。まして落語など演《や》るもんじゃあない。ではどうする、どうする、どうしよう。始めたのが、このナゾかけと。長いなあ。

お客様から題を貰う。当然、題を出せばお客は聞く。いっておくが、クラブ、キャバレーでは来ているお客より其処《そこ》の店の女給に受けないといけない。女が聞きゃあ客にも聞かせるようにするものだから……、そのためには毎日演《や》るネタが違わないと女が興味を持ってくれない。そこでナゾかけをやり、一体感ができあがって談志《わたし》のキャバレー芸が確立してきた。一体感ができりゃあ、こっちのもんだ。あとは漫談、こりゃあ自家薬籠《やくろう》中の物。いま思っても懐かしい。店内場内が屋根が飛ぶばかりに、私の一言二言がドカーン、ドカンと受けるのである。

本当はもっと詳しく書きたいのである。もっと想い出を記したい。田辺亭なぞはどうでもよくなってきた。クラブ、キャバレーでやった芸の数々の思い出は、ほかのところでも書いたし、これからも書く。

岡本太郎の首を絞めた

この本はとりあえず田辺茂一伝だから、仕方がないから話を戻す。三平さん、ナゾかけを始めた。誰かが題を出した、勿論店の客だろう。そして、誰かが答えたんだ。〝誰か〟といっても、三平、私、円鏡のうちの誰かである。

そしたら、客の中の一人が、面白いといって十円出しやがった。さあ、勘弁できねぇ。その頃から喧嘩っ早いし、まして、酒が入ってるからたまらない。「誰だ、十円《これ》を出したなぁ……」とは、当然、俺様。三平さんは紳士だから、そういうことはしない。いや、臆病だからできない。

「あの客ですよ」と、そこの客が指さした。

さあ怒ったね。いきなりその客の胸倉《むなぐら》ァ摑《つか》んだ。

「やい、この野郎。手前ぇ、一体、何てんだ。何処《どこ》の誰だ。舐めると、手前ぇ、承知しねえぞ」

「林武だ」

「あれ、林先生かい？　絵の？」

「うん」

「あ、そう。ああ、そうか〳〵。あ、そう。すいませんが絵描いてください」

ダラシがねえっていやぁ、ダラシがないけども、そんな雰囲気だったんだろう。そんな状況になってしまったんだろう。向こうも悪いと思ったのか、胸倉いきなり掴まれたから驚いたのか、よし〳〵と、描いてくれたね。コースターという、あのビールや水、つまりコップなぞを載せる……なに、説明するには及ばないか。その裏に、持ってた太い万年筆を水の中へズブッと……コップの水だ。そこへ漬けて、それでこっちの似顔描いてくれたよ。あんまり似てねえけど……描いてくれた。

じゃ、私もと、三平さん、円鏡。あ、そうだ、毒蝮三太夫[*46]も居たよ。毒蝮にまで描いてくれた。そして、林武はこういった。「一万円以下に売るなよ」って。さもありなん、そのぐらいの値はするなと思った。

え？　そのコースターどうしたって？　あるもんか、そんなもの。どっかへいっちゃった。三平さんも円鏡もないという。毒蝮は〝俺は持ってる〟という。あいつ持ってんだ。持ってやがった。あの野郎、とんでもねえ野郎だ。殴れ。

で、田辺さんの話になるんだ。え？　田辺さんのほうを書かないほうが面白い？　うーん、そうかも知れない。いや、そんなことはない。

さて、騒動も血を見ないで収まった。ということは、時々血を見ることがある。よく喧嘩をした。元来、喧嘩っ早いほうだから、頭へくりゃ、機関銃の如く文句を吐きかけるか、面倒くさきゃ殴っちゃえだよ。

そういや、岡本太郎[*47]の首を絞めたことがあった。大変生意気な野郎で、対談をしていると、他人《ひと》の話を聞かないで……その他人《ひと》の話というのは、私、つまり立川談志の話を聞かない。バカにしていることはよく判るが、ならそれでいい。そのうちに、私の顔前に拳《ゲンコ》を突き出すと、それをパッパッと私の前で広げる。つまり、目の前に拳《ゲンコ》を出して、パッとこれを広げる。私は放っぱらかして見てた。黙ってそのまんま見てた。すると岡本太郎の奴は、

「君は驚かないねえ」と、ヌカしやがった。

さあ、こん畜生、やっちゃおうと思って、芸人だから相手の呼吸は理解《わか》るから、会話をふっと和《やわ》らげといて、さりげなく後ろへ回って、首ィ絞めたね。太郎の野郎、もがきゃがった。婆ぁのマネージャーがオロ〳〵しているだけだ。野郎、落としちゃえと思ったけども、うっかりして絞め殺すと、こんな奴でも殺しゃ、やっぱり殺人になるだろうから、二、三分絞めて止めた。

真っ赤になって、野郎、苦しがって暴れてた。〝放すもんかこの野郎〟と思うから。そ

う、二分ぐらい絞めてたんだから、随分長い時間だったろう。野郎、手を放したら、真っ赤になって涙こぼしながら、「君は酷《ひど》い人だ」といった。ざまあみやがれと思った。積年のこのニセモノに対する恨みが爆発したのかも知れない。

それにしても、とんでもない野郎だ。談志先生の前で、拳《ゲンコ》を突きつけて、手をパチパチ広げたり、とんでもないバカだ。

茂一っつぁんに水割りをぶっかけた円鏡

無事に余興のナゾかけが終わった、というか、林画伯の一幕ありの、終わりの、テーブルへ帰りの、飲みの、喋りの、騒ぎの、そこに茂一っつぁんが居たんだ。酒が入りゃあ、他人のいうことなぞ聞くもんか。例の〝ガオッー〟の〝グァー〟の〝ギィー〟の〝ウェィー〟の。

円鏡が真面目な顔して私に聞いた。

「兄《あに》さん、あの人に世話になってるの？」

「別になってないよ」

「お旦《だん》那かい？」

「お旦那《だん》じゃないよ」

「じゃ、いいね」

「なんだか知らねえが、いいよ」

ウイスキーを、ま、水割りだろう、もろに茂一っつぁんにぶっかけたね。

「なんだこの野郎、でけえ面しやがって。ふざけんじゃねえぞ、手前ぇ」ってなとこだ。

いや、確かにそんなことをいってたよ。次元は違うだろうけども、考え方は違うだろうけども、円鏡なりの我慢もあったろうし、不満もあったんだろう。

人間なんてのは、物事を起こすには、どっかに原因がある。よく、あいつのやってることは判らないというが、常識の線というところで統一すれば理解し難いが、どんな行為だって原因がある。ない訳はない。それが、世間という、常識という、五十パーセント以上の承諾があればまぁいい。それなりに理解《わか》り、「あいつの怒るのは無理はない」であり、「いや、あれじゃあいつは笑うよ」であり、「あいつの帰っちゃうのも当たりめえだ」となるが、逆に、ダメと出りゃ、「とても〱理解できない」と、こうなる。だが、何か原因はあるはずだ――。

私とてその通り、よく腹立てちゃ、腹の立った理由を周囲《まわ》りに説明したりしているが、本当に腹が立っているのは、そうでないまったく違うことなのかも知れない。もっと〱

奥の深いところへ押しやっているその気持ちが怒っているのかも知れない。だけど、そんなことを説明したって、世間のだあれも納得するもんか。むしろ軽蔑する、呆れ返るだけだから、どっかで判りそうな理屈をくっつけているのだが、何々、そんなことは、ナニ、なに、何である。違うんであろうなあ……。

こういう文句があるよ。〝私があなたをなぜ嫌いなのかよく判りませんが、嫌いだということだけはよく判ります――〟って……。円鏡にもあったんだろう。世間一般でいや、お旦《だん》那でもないくせにガタ〳〵いうな、手前ぇ一人で貸し切ったクラブでもあるまいに、どこの誰だか知らないけれど……おっと、本当に円鏡は紀伊國屋の社長《おやじ》とは知らなかったらしい。たとえ知ってても、円鏡の頭の中で描く本屋なんぞというのは、つまり町々にある本屋のあれだから、あの親父だから、たいしたことはないと思うのは、ごく当たり前で、まして、相手の酒の飲みっぷり、喋り、加えてあの顔だ。まして酔顔、たいしたことはないと思うのは、これまたごくよく判る。〝なんだこの野郎〟と、〝ザブッ〟とかけたね。

さあ、驚いたのは三平さんだ。三平さんは三平さんなりの、もうちょいと大きい本屋のイメージを持ってるだろうし……いや、失礼、紀伊國屋を知ってたろうから、止めた。珍しく怒った。三平さんは元来、怒らない。というよりも、怒ったとこを見たことがない。したがって、怒られたこともなかった。

いや、まてよ、二度あるかな。一度はたしなめられたね。「談志さん、言葉が過ぎますよ」といったね。

もう一つは、一緒に出ていたNHKの番組で、三平さんをフォローしたつもりで私は三平さんを悪くいった。彼が失敗をしてるんだというところを説明しないと番組がウソになってしまうと解釈したからいったのだけれど、それは病後の彼には判らなかったらしい。そうだ、私は昔三平さんに〝彼〟といった時に、〝言葉が過ぎますよ〟と。そうだ〳〵、そういわれたのだ。そのNHKの番組の時に、「あの人は頭がおかしくなってきてるんだから、また病気になっちゃったんだから、しょうがないんですよ」というようなことをいったら、「一番右側の利口ぶったバカが何かいってます」と、三平さんがそういった。この二度である。

でも、この時はさすがに円蔵を叱った。円蔵の行為が……円鏡かな。円鏡の行為が理不尽である、と――。そりゃそうだ。どう酔っても、顔に酒なぞかけるもんじゃない。あれは飲むもんだ。そこで田辺亭、一言「ガォーッ、アア嫉妬だな」、これだけだ。

「なにが嫉妬だ。怒れよ。怒らないのかい。何かいえよ。酒ぇぶっかけられてニヤ〳〵笑って〝嫉妬だな〟もないもんだ」と私だ。

別に嗾《けしか》けたんじゃあない。理解できなかったのだ。いや、いまだにあの時のことはよく理解ができない。

「ヴエッ、そうだい。ほとんど判ってない。なんにも判っちゃいない、それが判るだけ救いか、大御心《おおみこころ》だ……」

三平さんが円鏡を外へ連れ出した。顔に水をかけられた田辺さん、いや、酒をコップでぶっかけられた田辺さん、〝アア嫉妬だな〟だけだったが。もっと世間一般、判りやすい解決が、私はその時欲しかった。だから、「怒れよな。文句いえよな」――。

で、その後の円鏡だ。

「兄《あに》さん、こないだ紀伊國屋の社長に悪いことしたな」

と、奴ぁ素直にそういった。これ、何なんだろう。いまでも時々いうんだよなぁ。

「いやぁ、あの時は悪かったよ、酔ってたしネ」

「酔ってたからやったんだろう。けど、酔ってやるってえことは本性が出たってことだから、やるだけの理由があったはずだろ、タケちゃん」――これ、彼の本名。大山武雄という。

「なんでタケちゃん。いいじゃねえか、酒ぇぶっかけたって。かけるという行為はたしかに無礼かも知れないけども、それをさせるだけのことを向こうがしたんだろ？」

に、円鏡、

「いやぁ、兄《あに》さん、洒落にならない。私が悪い」

ということだ。ということは、怒るべきことでないのを酒のために怒ってしまったというだけだ。己を戒めているのか。それとも、紀伊國屋の社長の地位てなぁ凄いんで、そういう人にやってはいけないんだと三平さんに諭《さと》されたのか、「アア嫉妬だな」と田辺さんがいった、その嫉妬を円鏡は肯定したわけではあるまいに……。

ただ、現状だけをいえば、酔っぱらって、パァ〳〵、ガォ〳〵喋ってた田辺さん、それを聞いて頭へきて酒をぶっかけた円鏡、何も怒らないで、「アア嫉妬だな」といったままの田辺さん、そして最後に円鏡が謝った。ただそれだけ。そこまで読んでいた如くにしていた田辺先生だが、結果私は〝怒らなかった先生は大きいな〟でもなかった。

「それをワカラナイというんだ」というかなあ……いうだろうなぁ、いいそうだ。

三平さんの弟子の失礼にも怒らなかった先生

三平さんの怒ったとこを見たことがないと書いたが、田辺先生の怒った顔も見たことがなかった。ということは、怒ったことがないということ。巷間伝わるが如く、昼間の田辺先生は苦虫を噛みつぶしたようであり、とても、とりつく島もない風情であると、いろ

〳〵な人が書き、また聞いた。けど、仏頂面してる奴は世の中にはいくらもいるし、そんな仏頂面にものを頼むからいけないので、ほっときゃそれだけのもんだ。

夜のつき合いのつもりで、ついその調子で、昼間、語りかけたりしようものなら、違った反応が返ってくるぐらいならまだしものこと、手厳しい目にあうのも当たり前なのに。

〝しっぺ返しをくった〟の〝驚いた〟の〝逃げた〟の、〝駆けだした〟の〝潜った〟のと、世の奴ぁ、種々《いろいろ》といってケツカったが、そういう連中に甘く見られたのが嫌であの仏頂面だったとしたら、相手に甘く見られ、気軽く思われた原因は田辺さん本人にある。

三平さん、田辺さんと出たところで、こんな話もあった。いや、こんなことがあった。

「週刊読売」の対談。いや、三人だから何という。相談かね。雑談かね。月並みには鼎談《ていだん》というらしい。食事が出たよ、というより、食事付きの雑談である。三平さん、その食事を食べなかった。腹が一杯だったんだろう。ほかに理由は見当たらない。で、お付きの弟子――ペー[*48]ではない、若い弟子に食べさせた。

その弟子もバカだから……弟子がバカというのは師匠がバカだからなので、師匠がバカで弟子がバカだから、バカな弟子は、同じテーブルで食べ始めた。

「あっちへ行け、このバカヤロ。向こうで喰え。見えねえとこで喰え。下がれ。出ろ」

と、私。そりゃそうだ。この三人の中で、私しかこんなことをいう奴はいないし、いう立場の者もいない。

それに対して、三平さん、怒らない。結論も出さない。「いいんだよ」ともいわない。「下がれ」ともいわない。ダウ〳〵なんていってるだけだ。

「下がれよ、バカヤロー。向こうへ行って喰え」

いわれた前座は、自分の師匠は何ともいわない、師匠の後輩である立川談志が文句いってる、どうすりゃいいのかワカラナイ。判断ができナイ。バカな弟子だから、当たり前、世の中ぁ全てまず状況の把握から始まって、判断、処理となるのだが、確認が間違えば判断も違ってくるし、判断が違うから処理も違う。これをバカ、という。

田辺さんが後でいった。

「あれは君が正しい」

つまり、三平さんがよくない。だけど田辺さん、その場ではいわないんだ。ニヤ〳〵してるだけだ。些細なことだから、沽券《こけん》にかかわるとでも思っていたのか。

その辺はいい加減だったなぁ……。

本当にシロかクロかを決めたことのない人なのか、〝人生雨と晴れしかないと思ってらぁ〟を、全てのことに適応させたのか……、そうでない場合もあろう、というのに……。

人間全て曇っていられるものなのか。それとも所詮人生曇りなのでそれを手前で勝手に晴れにして安心させているのか……時には、それを正義と称して……。

「いまネ、タカって貰ってるんだ」

紀伊國屋が銀座に店を出した。有楽街というか、東宝の映画街、三信ビルの並びである。だが、これはあまりうまくいかなかったらしい。それが証拠にしばらくして閉じてしまった。ともあれ銀座に店を出した頃は、田辺先生は当初そこに寄り、銀座は泰明小学校の前の露地を入って右側、地下一階、前述のＢＡＲ「美弥」のカウンターに独りあの姿、あの顔で座ってオールドパーを舐めている。

銀座の支店までは黒い自家用車で運転手《ウン》クンの送り。車の種類は判らない。私ゃ、車の種類はほとんど知らない。オーバーにいやぁ、トラックと乗用車の区別ぐらいで、その中間にワゴンがある、という程度。他には戦後のアメリカ兵が乗っていたジープ、というのを覚えている。

懐かしき鈴村一郎[*49]のヒット曲、「ジープは走る」というのを覚えている。嘘でない証拠に歌詞を書いてやる。

〽スマートな　可愛い車体《ボディ》
胸もすくよな　ハンドルさばき
街の人気を　集めて走る
ハロー　ハロー
ジープは走る　ジープは走る

家元、懐メロに詳しい。何しろ、あの三橋美智也[*50]に、彼の歌った曲を教えたくらいなのだ。

三橋美智也の物凄さは、自分の吹き込んだ、それも他人に知られている、つまりヒット曲を忘れているくらい超ヒット曲が数多くあることだ。

アノネ、家元の文章は、いや書き方は、方法は、原稿用紙に唯書いているだけで、何の資料もない。紙一枚。メモがあるだけだ。これ自慢話である。

三橋さんに苦言を呈したことがある。

「あなたの一番イケナイことは、〝己が大歌手である〟という自覚がないことだ」と。

戦後の歌手で男女No.1は、まず男性では〝岡っ晴〟こと岡晴夫、[*51]女性では笠置シヅ子[*52]で、そのあとは三橋美智也と美空ひばりである、というのが家元の意見。

イケねぇ、車の話から、ジープ、鈴村一郎、三橋美智也となっちまった。

いっとくが、この本、全部このスタイルになる。本人が請け合うのだから間違いはない。

或る日、BAR「美弥」にポール牧[*53]が来ていたので田辺さんに紹介した。

「先生、これ、ポール牧だよ」

ポールは、現在《いま》も当時も変わらナイ……。ま、当たり前だ。変わった奴は気味が悪くてとてもつき合い切れナイ。

「あっ、田辺先生ですか。初めてお目にかかります。私はポール牧という、三流芸人です」

ポールの名誉のためにいっておくが、その頃相棒の関武志[*54]と組んでの「ラッキー7」は、演芸ブームに乗っての売り出しのバリ〳〵だ。

「ポール牧という、三流芸人です」に対して田辺先生、「アアー、諦めちゃあ駄目だよ」。

唯のジョークではない。どこかにポールの低姿勢に対するヒニクもあったのだろう……が……、いやそれでいったのだ。

でも、ロジックとして、「諦めちゃあ駄目だよ」はいい。ポール、引っくり返りやがった。といってもこれはこっちの世界の表現で、本当に引っくり返った訳じゃあない。当たり前ではあるけれど、このポール牧ほどに引っくり返りの芸を見事に見せてくれるのは、他にコメディアンの橋達也[*55]ぐらいになってしまったか。

芸は、まず引っくり返る、倒れる、というところからコメディアンは始まったのに……。

去年の暮れだったか、久し振りに懐かしいコメディアン連中が出てたので見物に出かけた。由利[*56]さん、南（利明）[*57]さん、茶川[*58]さん、平凡《ポン》太郎ちゃん[*59]等々……、結果、惨《みじ》めであった。昔の活気はもうないのだ。当時のメンバーがいても時代のせいか、演者のせいか、もう感動も懐かしさも還ってこない。

私の歴史の中にある、エノケン、ロッパ、シミキン[*60]、森川信[*61]、堺駿二[*62]、八波むと志[*63]、佐山俊二[*64]、由利徹、泉和助《わっちゃん》[*65]、三波伸介[*66]、東八郎[*67]、関敬六《せきやん》[*68]、谷幹一《たにかん》[*69]、新宿の石井均[*70]、戸塚睦夫《むっちゃん》[*71]、とアト・ランダムにあげたが、もうその歴史は還ってこない。仮に生き残りの、関やん、平凡太郎、小島三児[*72]、内藤陳[*73]等々を使ったとしても、もうそれにはない。なにコメディばかりではない。日本映画とて、いや落語とてそうだ。だが落語はノスタルジイも含めて談志《わたし》が日頃研究している。いや確立した、と信じている。弟子の志の輔[*74]に志らく[*75]に、または小朝[*76]に、ある部分を高田文夫[*77]こと立川藤志楼《とうしろう》に……。

コメディアンの小島三児と二人で田辺先生のお供をした。毎夜誰かが、このカバンを持ってのお供である。いやカバンではない、〝おカバン〟といわないとイケナイ、とセンセイの弁であり、おカバンを持つのではない〝持たせていただく〟のである。これも先生の弁。

このおカバンを或る夜、山口敏夫[*78]に持たせようとしたら断られたという。

「判ってないネエ、ガアッ」であった。

で、小島三児と二人でお供……、食事に入った店でセンセイ電話をしているのを聞いた。その電話、〝いやがったな茂一の野郎〟であった。

「いまネ、談志クンと三ちゃんに、タカって貰っているんだ……」

凄いワネェー、〝たかられてる〟とは誰でもいえる。

田辺先生、私等二人に〝タカって貰ってる〟とサ……。

悔しいネ、いやがったネ、大きいや、見事だ……。

溺愛された山崎唯

田辺先生は多くの芸人を可愛がった……と書いたが本当に可愛がったかは知らない。ま、一緒によく飲んでた。文士のほうはどうだったかは知らないが梶山季之[*79]を大切にしていたことだけは知っている。

一緒に飲んだ多くの芸人の中で特に山崎唯《ただす》を可愛がった。山崎唯、ピアノの山ちゃんであり、トッポジージョの吹き替えで人気のあったピアニストで、作曲もでき、いい曲を作詞作曲していて「白い想い出」「今夜は独りじゃ眠れない」は大好きだ。この二曲、いずれも後の愛妻、その頃の恋人、久里千春に贈った曲でもある。

二曲とも紹介したいが、全コーラスを書かないと情が移らないのでカットする。

その山崎唯への愛情は溺愛に近い、いや溺愛であったし、その愛情は久里千春にも、二人の娘である亜美ちゃんとレナちゃんにもそそいだもんだ。

レナちゃんの名は美貌の黒い歌姫、レナ・ホーン[*80]からとったと山ちゃんの弁。

アンディ・ウィリアムズ[*81]だったか、ペリー・コモ[*82]だったかのショーで、レナ・ホーンをステージで、こう紹介した。

「次はレナ・ホーンです。レナ・ホーンには代演はきかないのです……」

上手《うま》いなあ、いい文句《フレーズ》だ、さすがアメリカのショーだ。

あまりの溺愛振りに、周囲《まわ》りは、

「よくないよ、田辺先生は、あれは山崎《やま》のためにならないよ……」といっていたが、一向に止めない。

この際だから正直に書くが、私は山崎《やま》はさほど、頭の冴える奴だとは思ってなかった。つまり普通のピアニストの一人だ、ぐらいに思っていた。これは誤認かも知れナイし、正解かも知れない。

ところが、この山崎唯《やま》が、見事によくなっちゃった。痩せた身体、あのままの、わがままでエキセントリックな、感情の起伏の激しい、キザな山公が……である。

田辺さんの薫陶によって、山崎唯《やま》の本来が出てきて、その本来は、〝いい山崎《やま》〟だったのか、毎度のことだが、その両方が重なったのだろう。

もっとも、この山崎唯を田辺さんに最初に紹介したのは私である。

その後ある期間、田辺先生が喧《うる》さく面倒になったか、他でモテてたのか、夜のお供は山崎《やま》のほうが多くなり、田辺先生が山崎《やま》の中野の家に泊まったことも多くあり、正月は銀座は休みだし彼の家で毎年過した、とも聞いた。家族の如きつき合い、とも聞いている。

山崎《やま》がよくなっちゃったから、私とも仲良くつき合っていた。

つき合っていた、というのだから、最後には、つき合わなくなった。こっちだけに勝手にいわせて貰えば、元の山崎唯になっちゃったのだ。

常識からいうと、とても偏屈でいくら言動が他人と違う部分、それは芸術家独自なものだ、と思っても、とてもつき合っちゃあいられない。これは何も談志《わたし》ばかりではなかったから、あまり山崎《やま》とは他の連中も飲まなくなっちまった。時には〝殴り〟てえ時もあったのだ。だが、相手はあの痩せた身体だし……とに角私達が唄う音程がチョイと違ってもバカにした顔をする。顔ばかりか一言も二言もいう。

だが、奴の乗った時のアドリブのピアノは凄い。山崎《やま》と藤村有弘《バンサ》[83]との掛け合いは絶品で、次から次へと、あの世界の言語の名人バンサが唄う。カンツォーネ、ロシア民謡、中南米のスパニッシュの、ポルトガルの唄、中国、韓国、ベトナム、その中国も広東だ、北京だと使い分けての名人芸。あれだけのものはまず空前絶後、もう出ない。

タモリ[84]より、一枚も二枚も上だ、それはタモリも認めるだろう。

一度タモリの番組「今夜は最高」で一緒に演っているそのVTRは私も持ってる。

酒が入りゃぁ田辺先生〝ソレェー〟とばかりにフロアで踊り出す。ここぞヨイショの見せ所、普段の恩返し？とばかりに山ちゃんのピアノ。

ま、ここまではいい。何とその後田辺の大将唄うのだ。あの「茂一のタンゴ」「紀伊國屋ブルース」等々を……。

酷い音痴で、おまけに間をハズす。〝ハズす〟なんてぇ代物《しろもの》にあらず、間も何もないのである。

とはいえ山崎唯、そこは家族、親父殿の唄だから、何とか商売で間を埋める。どう埋めたって埋りゃあしないが、埋めないよりゃあましである。
山崎《やまさき》が作曲《つく》り、田辺さんが作詞《つく》った「すたこらさっさ」は田辺先生、余程気に入ったのだろう。己の人生、了見を見事に曲にしてくれたのだろう、感動し、レコードにして出した。裏面は「茂一の音頭」。

〽俺はひとり
俺はひとり
俺はひとりさ
春も
夏も
秋も、冬も
なにもなかった
誰もいない道を
すたこらさっさァ……

という唄だ。これはワンコーラスで全部判る。

山崎《やま》は私のことが好きだったのに……、何で……何で、どうしたのか、私に喧嘩を売り、それっ切りになった。

原因は私にあったのだろうが、その原因は説明されても、誰も了解すまい。

人間の怒りてなぁ、そういうもんだろう。いくらか理解《わか》りやすくいやぁ、山崎の一番嫌いな部分、それを己でも忘れようとしている恥ずかしい所をこっちも無意識に刺激したのだろうか……。

それを聞いても、調べても、当人が嫌で無意識にしているのだろうから、たとえそれを掘り起こしても、世間一般の説明、納得とはなるまいに……。

田辺さんが死に、山崎《やま》も死ぬ〳〵といわれながらも生きたが、死んだ。葬式にも行かなかった。

もう一言、久里ちゃん、亭主が死んでバカにキレイになった。

その久里千春も、昔、芸人の中で一番いい女房に選ばれたことがあったが、酒場仲間はこういった。

「当たり前だ、あんな酒癖の悪い奴と一緒に居られるんだから……」とネ。

酔うとメチャクチャだった芥川比呂志さん

関係ない話を一つ、また入れとこう。

長嶋茂雄に子供が生まれ、一茂と名づけたら田辺先生、

「あれは、俺にちなんでつけたんだ。茂一じゃあ恐れ多いので引っくり返して一茂だ」

いや、俺が名づけた。ともいってたよ。勿論嘘だ、嘘だよな。

芸の話はしない人で、私の独り会という、できたばかりの紀伊國屋ホールで月一回の会にも、時折来てはくれたが、落語については何もいわない。こっちも聞かない。

落語を演《や》っている、というのを違う視点から眺めてたのか、落語でなく人間を観ていたのか。それは美術商、湯島の羽黒洞の主人、故・木村東介氏とも似てた。

その頃は、古典落語の現代性という問題で悩んでた頃で、駕籠屋の〝三枚〟も判らなくなったし、「長屋の花見」では玉子焼きの代わりに沢庵《たくあん》を噛じるのだが、現代《いま》では玉子焼きより沢庵のほうが高い時代となった。

あれや、これや、と悩んでいたくらいだから、先生にも何処《どこ》かで喋ったのだろう。

田辺先生はいった。

「どうして君達は、時代にこだわるんだ……」

それもいまになってワカリました、そうなのだ、その通りなのだ。何も時代にこだわることはないのだ。落語という、人間の業《ごう》の肯定、人間の本来の姿、常識という学習に侵された部分の本来の不快を語り、人間の本来でもある世の常識とまるでつながらない、夢の中のような部分をも肯定してかかればいいし、できなきゃ、とりあえず何でもいいから己の世界に観客を連れ込み、魅了し、ユートピアの世界に入れちまえばそれでいいのだったのだ。できれば、そのバックに非常識――その後ろにファンタジィを入れながら……。

紀伊國屋ホールには、〝雲〟だったか〝昴《すばる》〟だったか〝円〟だったか、芥川比呂志[*85]さんが時折出てた。

その頃には紀伊國屋演劇賞という賞を田辺さんが創り、悦に入っていた感じもあったが、こっちはそんなこと知るもんか、芥川さんに興味があるから、楽屋へ出かけていっちゃ、〝今晩近くの鮨屋で待ってる〟とよく誘い、新劇のプリンスといわれた芥川さんを落語家如きが誘っているのを見て、劇団の連中、特に女の子達は冷たい目をこっちへ向けたのを憶えている。

こっちゃあそんなこと気にするもんか。芥川さん、飲むほどに酔うほどに例の調子だ。「談公」とくるね。「談公の咄《はなし》は下手だ」とくるね。別に不愉快ではない。「談公」といわれて不愉快じゃない人ほかにいるかな、ま、いるだろう。

作曲家の吉田矢健治[*86]がそうだ。吉田矢先生にいわれても、別に何ともないんだ。

田辺さん、梶山さん、芥川さんと銀座の夜を歩いたっけ。

その芥川さんが亡くなった時、青山の葬儀場で、名前はいわないが、弔辞を述べた女性がいた。「芥川さん、何故死んでしまったの」という感じの文句である。

聞いていて、冗談いうな、小便《しょうべん》しながら追っかけてきたのは芥川比呂志だった。タクシーの中でうちの女房にキスさせろといってキスをし、どっかへ行こう、ホテルへ行こうと誘ったのが芥川さんだ。

しかし、そのメチャクチャさ、その凄さ、もの凄え好きだったなあ。

会話におけるアドリブの妙とは

「芸人なんて軽薄なもんだし」なんていった時にも、田辺先生にこういわれたネ。

「そんなことはないよ、全部晒《さら》してるんだ、そこで保《も》たせてるんだ、大変なことなんだ」

談志が例によって能書きィコイてたら、「ネタで喋ってやがら……」

つまり田辺さんはその場の会話でないと駄目なんだ。過去かキャリアで覚えてきた意見や知識の量を軽蔑していた。同感であるが、それを自分でも戒めていたのだろう……。しかし、それを見事にしなかった。しないとなりゃ、あとはその場を駄洒落で〝ガォッー〟か、いや、アドリブであった。

「先生、あれは、こうしたほうがいいですよ」に、

「自分の経験だけで物をいうな……」

「ねぇ先生、私が国会にいた時ネ……」

「ガァーッ、また始まった、誰も聞いてないよ、狼少年だ……」

これは凄えや、狼少年だとよ、呆れ返って感心した、誰かに使ってやろうっと……。

うちの女房が先生に焼肉をご馳走になったとサ。

先生パァ〳〵喋るから、面白いのでゲラ〳〵笑ってたとサ。

先生いったとサ。

「笑いながらモノを喰うな、量が多くならぁ」

懐かしき六本木は寿司長だ。寿司長の親父も死んだ。長さんのことだ。二タ昔も前のことだ。何かで長さん、自慢ととられるようなことをいったんだ。店《うち》は六本木で一流だ……に近いことを。

田辺さんの逆襲、

「いうねぇ、中小企業、俺とはケタが違う、新宿のド真中にビルを持ってる」

まるでガキだい。

先生講演を頼まれ、行ったとサ。喋って時間が余ったので例のオンチの酷い唄を二曲唄ったという。

「先生よしなよ、あの唄ぁイケナイ、また何で、唄なんぞ唄ったの？」

「ガァーッ、意外性だい」

これ、答えになってますかネ。

深夜の帰宅はこそこそと

先生、本屋を終わって運転手に送られ、「美弥」で野球を聴き、飲み始める。銀座は一流。「アモール」「アンドリュース」「数寄屋橋」「順子」「眉」「姫」……いや、「姫」は私のほうだから、連れられていったか……。自分から出かけていったところは、いまいう店々。「ロア」「クルミ」……、そして、どこかで我々と合流し、〝芸能人のほうが楽でいいや〟とばかりに呉越同舟で連れ歩き、六本木、渋谷、赤坂と飲み歩いた昔が、私も懐かしい。そこらの店の名を、そうなあ、もう憶えてない。まてよ。「最後の二十セント」、ウン、あった。「深海魚」、あった。大雪の日に、クルマも動かず、雪の中を、雪の進軍、ラッセルしながら雪ィかきわけてその店へ行った時は、褒められた。落語の「蔵前駕籠」の〝女郎買いの決死隊〟ではないが、深夜のクラブの決死隊である。そう、原宿の「檻の中」というのもあったな。

私の後のマネージャーとなる、大阪の料亭「暫《しばらく》」の若旦那、中田昌秀が経営していた、地下の座って飲む……つまり、絨毯《じゅうたん》バーのはしりだ。入口をまるで上げ蓋のように、つまりマンホールの蓋のようにあげて中へ入っていった。夜ごと行ったその名が、もう出てこないのだ。そういう齢になったのだ。そういう昔になってしまったのだ。嗚呼。

その頃は……頃というのは時間のこと。夜が更《ふ》けて、専用の運転手はとうに帰っている。で、タクシーで夜ごと誰かが先生を落としていったはずだ。勿論私にもその経験がある。最後は原宿、渋谷と我が家に近くなり小野栄一が買っていた「ユトリロ」等。

「青い部屋」にもよく行ったらしいが、私はこの店合わないので別れたっけ。先生、一度入っていったら田辺Jr.が踊っていて慌てて帰ったという。それからはまず倅が居るか居ないかを調べさせてから「青い部屋」に入っていったというエピソードが残っている。


銀座を飲み歩いて、いまいう銀座が閉店《はね》た後の遊び場、渋谷、赤坂、六本木へ出かける。或る夜珍しく自家用車を用意させてあり、お付きの運転手がその日その時、〝いい気なもんだ〟という顔したのを私は見た。それをすかさず見つけた先生は、「グアーッ」と一言いった。〝判ってねえなあ、運転手には〟ということである。

〝いい気なもんだ〟という顔をしたことに対して、私がムッとしたリアクション、それを見た田辺先生の「グアーッ」――判ってねえなあ、運転手には〝飲んで歩いてるほうの辛さは判るまい〟ということだろう。それを私流にいわせると、貧乏人に金持ちの苦労が判ってたまるかと、こういう切り口になってしまう。

先生の本宅は……といっても、妾宅は知らない。なかったと思う。別荘は伊豆のほうにあった。そこに、もっとも信頼していた梶山季之の、梶さんの別荘もあった。たしか先生の別荘へみんなで出かけてゆき、そこから梶山さんのところへ行ったことがあったっけ。たしか、先生の別荘の完成記念にみんなでかいた屏風がある。見事な日本画を描いた人もいたし、墨痕淋漓《ぼっこんりんり》と書いた人もいるし、得意な文句を記した人もいた。私も、ときたので、いつも描いているような落語家の絵を描いて、そこそこの文句を書いた。最後に、なんと山崎唯、何と山《やま》崎の奴ぁそれがはまり役のトッポジージョを描いちゃった。

それに似た話が私にもある。ハンク・アーロン[*87]と王貞治にサインを貰った。世界のホームラン王だ。そしたら何と、そこにいたクロマティ[*88]が王とハンク・アーロンの間に手前ェのサインを書いちゃった。この大バカヤローだが、何か怒れない。むしろ吹き出したくなった。クロマティはそういう人柄があったな。そのボールを私は持ってる。

その屏風も先生の別荘にあるはずだ。

先生を家へ送るのはそれほど苦でない。最後は渋谷で飲んで、渋谷へ送るんだから楽だ。渋谷は鉢山町。あの有名な南平台の近所である。南平台といや、誰でも知ってる。岸信介[*89]

氏の家もあったけども、鉢山町というと、どうも、場所にしては、いい場所ではあるが、パッとこない、ゾッとしない。炭屋であり、文士崩れであり、鉢山町といい、どっかはずれてる。それが悔しかったんだろう。〝南平台の近くだよ〟と、常にそういってたっけ。

タクシーが着く。一緒に降りちまう。勿論家まで送っていく。道路《みち》から門まで距離がある。クルマはそのまま次の酒場へ回すために待って貰った時もあったが……まずはここ迄タクシーを帰して家の中まで送る。女中さんが一人、寝ずのお迎えだ。庭には植木がそこそこあった、古い木造の日本家屋で、たしか犬がいたっけなあ。

酔ってるし、若いし、威勢がいいから、たまらない。「紀伊國屋の田辺先生、只今ご帰館になりました！　立川談志が送ってまいりました！」——これだ。

〝近所迷惑だ〟といわんばかりに苦笑いしながら、銀座の獅子吼《ししく》は見事に消えて、コソコソと我が家の門を入っていった、背をかがめて丸めて我が家に入った田辺先生。

枕元は、雑多。それ以外の言葉を知らない。あれで品物の質を落とせば、避難民とたいして変わらないような状況。その癖が私に移ったのか、同じような状況で私も寝起きをしてる。

いまは我が家が何よりいい

〝家を建てようかな〟といったら、〝早いよ〟といった。家なんぞ持つもんじゃないという教訓なのだろうか。それはどういうことだったのだろう。〝家に居てはいけない〟、〝外に居なきゃいけない〟といったのか、それは人間としてなのか、芸人としてなのか。だとしたら、私は結果、先生のいうことを守ったことになる。それも、先生が死ぬまではあるが……。

現在《いま》はのべつ家に居る。ホテルより家がいいのである。この節、妙に原稿依頼が多くなり、つまりこれを書くために家に居るのである。

ついでに洗いざらい喋っちまうが、昔は夜寝る時に〝明日は何を着ていこう〟〝誰と会おう〟〝何処《どこ》へ行こう〟と考え、やがてこれらがなくなったら、どれほど俺はよくなるだろうと思ってたもんだ。〝何処《どこ》へ行こうと、何を着ようと、いいじゃないか〟、そういうふうになりたいナと。

いま、そうなってる。少なくとも自分ではそう見える。其処《そこ》にあるものを着る。二日も三日も同じものを着てる。何処《どこ》へ行くのも同じ格好してる。「いつも同じですね、談志さん」に、「GIANTSを見ろ」といいながら、同じ格好してる。向こうは洗濯してるが、こっちはあまり洗濯もしない。

面倒くさくなりゃ髭《ひげ》もそらない。結婚式だろうが弔いだろうがテレビだろうが、みな普段の格好である。夏は暑くなきゃいい、冬は寒くなきゃいい、ただそれだけである。カバンどころか、ポシェット一つ持つのも嫌だ。

そして、我が家に残《ある》ものを喰って、腹ばいになって原稿を書いて、時折、『落語全集』を読んで生きてる。我が家のものが何より美味《うま》い。

「談志さん、レストランへ行かないんですね」

「当たり前だ、俺より頭の悪い奴が作ってて、美味《うま》い訳はない」

それでおしまい。

タクシーに乗らない。タクシーの運転手以前に、私のアンテナが動いてしまって、イライラするのだ。もっとゆっくり生きればいいのに、もっと鈍であれば楽なのに。

自分の思惑、予想、勘というのが全て当たっていると信じてる。だから、なるたけ周囲《まわ》りに人間が居ないほうがいい。まして、つき合いとか、義理とか、特に弟子と称する輩どもにゃぁ世代の違いもありまったく話にならない。ところが、一人じゃ居られないからまたイラ〳〵だ。いや、それがこの節一人で居られるようになってきた。

田辺先生、どうしよう、これでいいのかネ。「ああ、駄目だな」というだろうか。

〝あいつはケチだ〟といったら、そいつの負け

ここに書いていることとて、その通り。処理の一つなのである。人生、この節、すべからく処理ではないかと思い始めた。仕事を処理して、子供を処理して、自分を処理して、それでお終《しま》いか。山口洋子が「人生、喰って、ヤッて、寝て、チョン」といったが、それに似てる。

田辺先生を片付け、友人を片付け、友人達を順に片付けるという名目で、それらを文章にし、ヤクザの友人も書いた、ウエスタン歌手のジミー時田[*90]も書いた、毒蝮も書いてやる。

そして、自分の落語を書き、家族を書き。それが来年一杯で終わる。人生も終わりそうな気がする。そうか。まだ写真の整理と、資料の整理と、カネの整理と、女の整理と……いや、これは関係ない。

思いつくままに書きなぐってるから、順序はメチャクチャだ、だけどそれらを書いとか

ないとすぐ忘れちまうから、素直に書くが、田辺先生が亡くなって、周囲《まわ》りが見るも気の毒なくらいに淋しそうに私が見えたという。実をいうと、呼んでたのだ。梶さんと田辺さんが呼んでるような気がした。

いまこれを書いてて、また思い出した。どうも呼んでるような気がする。〝やっと俺を思い出したか〟といわんばかりに呼んでいる。先生、勘弁してくださいよ、毎日「美弥」で先生のおカバンを目の前に見ながら、まだ〳〵そこ〳〵元気で飲んでいるんですから。アレ？　俺何をいってンだろう、ま、いいや、気にしない。

田辺先生の渋谷の部屋には山のように品物があった。全部贈り物、貰い物だろう。その中に、なんと月の家《や》円鏡からというお中元だかお歳暮だかがあったのを、「これ貰うよ」って持ってきたことがあったっけ。酒をいただいてきたこともあったっけ。そこらにある品物を強奪に近い形で持ってきたこともあったっけ。勿論、これなら大丈夫だというこっちの計算はあったが、わりと嫌な顔しないでくれたね。世間ではケチだといってたが。

いや、このケチについては、私は異論がある。どっかでケチ論というのをやってやる。〝あいつはケチだ〟といった奴にロクな奴ぁいない。それだけはいえる。相手を〝ケチな野郎だ〟と思ったりいった時に、もうそいつの負け。

落語の中に……、

「隠居さんは毎日ブラ〳〵、美味《うま》いもの喰って、着たいものを着て遊んでて、いいご身分ですね」

「バカなことをいうな。私はここまでなるには、お前達みたいに若い時分から遊んでない。真っ黒になって働いたんだ」

「ああ、そうですか。ちっとも知らなかった。ご隠居さんは炭屋の小僧だったんですかい」

「なにも炭屋ばかりが真っ黒になって働くわけじゃない」

とあるが、炭屋の小僧じゃない、炭屋の若旦那から大旦那になって、本屋になった。その田辺先生、本と贈り物の山と尿瓶《しびん》を枕に、お寝《やす》みとござる。寝つきがよかったか悪かったか知らないが、おそらくいいほうだろう。もっとも、あれだけ飲みゃ眠れるだろう。

先生、渋谷の我が家でお寝《やす》みだけど、こっちは若いから、調子に乗りゃ、まだ〳〵夜は続いて一、二軒と歩く。行く場所《ところ》がなくなって、ホテルの喫茶室へ入る頃には、もう四時か五時か、それから場合によっちゃ魚河岸《かし》へ繰り込む。つまり、いうところの午前様だ。朝日と共にベロ〳〵で我が家だ。あれでよく芸をやってたもんだ。全て〝若さ〟だ、他にあるまい。

この本を書いたら最後の〝若さ〟に挑戦しよう。石川達三[*91]の作品に『四十八歳の抵抗』というのがあったが、この節十年遅れているから丁度年代も合う……。

＊1　**山口洋子**　家元の昔の恋人。東映ニューフェース、銀座のクラブ「姫」の女主人《ママ》だった。作家、直木賞受賞者。ヒット歌謡曲の作詞多数。「北の旅人」は家元のヒイキ曲。イキな女奴。〔一九三七－二〇一四〕

＊2　**先代の圓生（五代目三遊亭圓生）**　直接は知らないが、デブの圓生と呼ばれて人気があったそうな。〔一八八四－一九四〇〕

＊3　**アダチ龍光《りゅうこう》**　手品の名人、というより芸の名人。奇術を演じながら喋り、或る時は一言も喋らない高座。見事に己の人柄が、私に惚れるだけ惚れさせた。落語以外に識る色物の名人だ。〔一八九六－一九八二〕

＊4　**林正之助**　吉本興業女主人・吉本せいの弟、後に社長、現在の会長……いや、こ

ないだ亡くなった。〔一八九九－一九九二〕

＊5　エンタツ・アチャコ（横山エンタツと花菱アチャコ）　喋りの漫才を確立したコンビ……。こういう書き方は嫌だ。いわないと判らないというけど嫌だ。やめた。識りたい奴ぁ調べろ、である。漫才の神様だ。その後はダイマル・ラケットしかいない。アチャコ先生、私と一夕語ってくれた、有馬温泉の夜だった。私の独り会にもゲストで出てくれている、そのテープはある。〔横山エンタツ一八九六－一九七一、花菱アチャコ一八九七－一九七四〕

＊6　三亀松《みきまつ》（柳家三亀松）　あのネ、これまた名人、人気者。頂点。ほとんどこの本に出てくる人がそうなのだ。三亀松、キザで粋で、モテて、威張っていて、親切で……。家元どこか三亀松に似ると自惚《うぬぼ》れている。〔一九〇一－六八〕

＊7　石田一松　エンタツ、アチャコ、三亀松と同様、戦前の吉本興業の至宝。知性で勝負。ノンキ節は絶品。映画「東京五人男」にそれが残っている。戦後日本正論党から代議士に当選する。タレント議員の第一号というべきか……。〔一九〇二－五六〕

＊8　川田義雄　後の晴久。これまた吉本興業の大看板。「あきれたぼういず」「ミルクブラザーズ」から戦後の「ダイナブラザーズ」とボーイズ形式と呼ぶ歌と音楽と喋りのグループ芸を確立した人。美空ひばりを発掘した。この流れは現在の「灘康次とモダンカンカン」に繋がる。〔一九〇七－五七〕

＊9　伯龍（神田伯龍）　次郎長の三代目神田伯山門下の四天王。了山、山陽、伯治とこの伯龍、それ〴〵四人の個性の中に濃艶といっていい芸風。その芸は現存の「小猿《こざる》七之助」のテープを聴くと判る。〔五代目、一八八九－一九四九〕

＊10　三語楼（柳家三語楼）　大正から昭和初めの爆笑王。ちなみに寄席の爆笑王は明治以来、鼻の円遊、三語楼、金語楼、歌笑、三平と続いた、といえる。三平の父・正蔵（七代目）は三語楼の弟子。〔一八七五－一九三八〕

＊11　金語楼（柳家金語楼）　兵隊落語で一世を風靡。落語家から喜劇俳優となり、エノケン、ロッパ、金語楼、三人で戦後の喜劇界を背負う。通称〝金サマ〟。ハゲを売

り物にしてたっけ。金サマの句に「七十にして家もなし、金もなし」。あの人気者にして見事な芸人の終焉だったともいえる。〔一九〇一―七二〕

＊12 伯山（三代目神田伯山）　江戸っ子で伯山の嫌いな人は居まい、とまでいわれたチャキ〳〵の江戸っ子講釈師。その人気は〝八丁荒し〟といわれ、伯山が看板を出すと、その周囲八丁の他の芸人の寄席《ところ》に客が来なかった、という。「石松閻魔《えんま》堂」の三十分の音が残っている。〔一八七二―一九三二〕

＊13 左楽（五代目柳亭左楽）　近世で歌舞伎の世界で六代目というと菊五郎、十五代といえば羽左衛門。寄席の世界で三代目というと小さん、講釈では六代目は貞山、左楽は五代目といわれていた。技芸よりも人間的な実力者。「睦会《むつみ》」という団体を創り、そこから文楽（八代目）、柳好、小文治、柳枝（七代目）、などを育てた。昭和二十八年没。〔一八七二―一九五三〕

＊14 貞山（六代目一龍斎貞山）　本名・桝井長四郎。「水道の蛇口」と仇名された如く、澱みなく流れる講釈の口調は絶品。義士伝を十八番にして、現代に残る「二度目の清《きよ》

書《が》き」にその芸風は代表されるというい い方もできる。三月十日の東京大空襲で死去。〔一八七六－一九四五〕

＊15　中川三郎　タップの中川といわれたダンサー。吉本興業の音楽部門の人気者で、息子の一郎、娘の弘子、姿子《しなこ》、元子と「中川音楽一家ツルーパース」を作り、戦後の日劇などによく出演していた。家元この人のタップスクールで教わったこともある。〔一九一六－二〇〇三〕

＊16　桜井潔　中川三郎と同様、同時代に「桜井潔とその楽団」を率いてバンドマスターとしてバイオリンを弾く。

＊17　和田肇　中川、桜井と同様、その頃（戦前の昭和）にモダンジャズ・ピアノを聴かせたピアニスト。伜は故・和田浩治、ヒデ坊と愛称《よば》れた日活の若手スターであった。〔一九〇八－八七〕

＊18　ハットボンボン　コミック音楽バンドで「クレージーキャッツ」「ドリフターズ」

のルーツともいえる。オモチャのピアノを持ち出したり、つまりスパイク・ジョーンズである。かえって判らなくなったかな……。

＊19　結城昌治《しょうじ》　彼の作品の中で『ゴメスの名はゴメス』が大好きである。あの頃の人気作家を勝手に並べると、梶山季之、川上宗薫、柴田錬三郎、生島治郎、佐野洋、三好徹、等々、懐かしい。元気である。だがあの痩身だ、でも元気なのだろう……。長寿を祈る。〔一九二七―九六〕

＊20　青島幸男《ゆきお》　直木賞は首ィ傾げるが、植木等一連のコミックソングの作詞は素晴らしい。何か仕掛けて世の注目を浴びることの名人。どうも気に入らないがネ……。〔一九三二―二〇〇六〕

＊21　植木等《ひとし》　〝無責任男〟シリーズの人気絶頂の頃、早稲田大学で尊敬する人というアンケートでシュバイツァーに次いで二位に入った。その頃の早大生のセンスはよかった。〔一九二六―二〇〇七〕

＊22　浜口庫之助《くらのすけ》　「浜口庫之助とアフロ・クバーノ」というコンボバンドは女性を含め華やかであった。ギタリスト、唄い手、そして作詞家としても成す。〔一九一七－九〇〕

＊23　エノケン（榎本健一）　志ん生と同様、エノケン。つまりエノケン、ケンちゃん、エノ様、エノケン先生。彼の唄は凄い。意外や「帰ってきたヨッパライ」がいいんだよなぁ……。聞いてごらんよ。〔一九〇四－七〇〕

＊24　六浦光雄《むつうらみつお》　通称〝六さん〟。彼の描く漫画の世界はお化けマンガの水木しげるや、つげ義春に繋がるように思えるのは家元の勝手か……。〔一九一三－六九〕

＊25　森田健作　青春スター。後に青少年の作法塾「森田塾」を作り、連合から参議院選に当選、いま何をしてるかな……。〔一九四九－〕

＊26　ピア・アンジェリ　「明日では遅すぎる」というイタリア映画で可憐也。衝撃のデビュー。現在思えばたかが知れたガキの桃色映画だが、その頃（昭和三十年代）は

何とも若く幼きセックスアピールがあった。ハリウッドに招かれるが、あまりパッとしなかったんじゃなかったかな。七一年（昭和四十六年）に睡眠薬自殺。〔一九三二－七二〕

＊27 マリナ・ブラディ　ピアがイタリアならマリナはフランスだから田舎と都会ぐらいの差がある。「洪水の前」で一躍スターに、肉感的な若きエロティシズムのあったスター。たしかロベール・オッセンと所帯をもったように記憶している。元気である。数年前に彼女の熟女姿をスクリーンで観た。〔一九三八－〕

＊28 福富太郎　〝キャバレー太郎〟の名で呼ばれた、その世界の風雲児。浮世絵の収集家としても知られる。いつもお中元の品、有難うございます。〔一九三一－二〇一八〕

＊29 伊吹マリ　ストリップ界の大姐御。日劇ミュージックホールのトップであった。たしか尼さんになったり、話題を振りまいたっけ。

＊30 メリー松原、R・テンプル　共に日劇ミュージックホールに華を咲かせたストリ

ッパー。

＊31　ジプシー・ローズ　ストリップというとこの人であろう。その一代記は『G線上のマリア』を読むと判る。〔一九三四－六七〕

＊32　吾妻京子、フリーダ松木　東京の日劇ミュージックホールに対して松竹側のストリッパー（吾妻京子はフリーか）。松竹セントラルの常連であった。

＊33　小野栄一　一緒に青春を過したボードビリアン。何せ器用な芸人、悪くいうと器用貧乏……いやそうでもあるまい。いや受けた〳〵。この人何でもよくできる、が不精なのか続かない、勉強しない、惜しい。一時小野栄一を筆頭に立川談志、引田天功（初代）、戸川昌子と「現代センター」という芸能プロで一緒に仕事をした。みんな若かった、華やかだった。〔一九三〇－〕

＊34　牧伸二　〝アーアァ、嫌ンなっちゃった、アーアァ驚いた〟。ハワイアン「タフワフワイ」の替え唄をやったウクレレ漫談の人気者で、その頃の彼の現代風俗描写は見

事であった。私とは高校が同じ、彼が一年先輩。家元は昼間、牧ちゃん貧乏だったから夜学、いや苦学、寒暖計の会社に昼間は勤めていた。芸界入りは家元のほうが早い。何せ家元十六歳の春であったのだ。漫談の故・牧野周一の弟子。〔一九三四－二〇一三〕

＊35　東京ぼん太　栃木県出身の田舎弁を使った人気者で、後に日活に行き、小林旭とシリーズを撮る。富永一朗のマンガ「チンコロ姐ちゃん」からそのスタイルを真似、唐草模様の背広でコーモリ傘に荷物を背負い珍であった。物真似から漫談に転じ、〝生活かかってる〟〝見通し暗い〟〝夢もチボーもない〟等、フレーズで売れる。フジTVの昼の番組の司会をやっていた。つまり、タモリのあの時間帯は昔からお笑いの時間であった。てんやわんや等も一時期受け持ち、家元も若き倍賞美津子と一時やったが、そこは家元、すぐ嫌ンなって降りちゃった。ぼんちゃん後年不遇、チョイカムバックの兆しがあったが死んだ。〔一九三九－八六〕

＊36　東京コミックショウ　あの、ホラ、例の〝レッドスネーク、カモン〟である。ショパン猪狩と鯉口潤一の二人で演じた蛇は抜群で、鯉口さんの蛇はいつも動いているのだ。ショパンのセリフはアドリブもあるがまず同じ。それをまた見たくなるのは一

つの中毒か。芸人客を中毒にするたぁ文句なし。〔ショパン猪狩　一九二九―二〇〇五〕

＊37　Wけんじ（東けんじと宮城けんじ）　〝ヤンなっ〟のギャグで売ったあの頃、第一次お笑いブームというべき時代で、何せ歌謡ショーが前半で、お笑い芸人が後に出る。つまりトリなのだ。Wけんじ、牧伸二、小野栄一、東京ぼん太、てんやわんや、コロンビアトップ・ライト、貞鳳、三平、チック・タック、ピーチク・パーチク等々。東けんじはサーカスの出《で》身と聞く。で、あのマイムの動き、玉川良一と組んでWコントというのを演じていた。面白かった。後に宮城と組む。その笑いの量、早い会話は見事であった。宮城健児が昔の名といっていた。歌の司会、春日八郎の司会から漫才師となる。〔東けんじ　一九二三―一九九九、宮城けんじ　一九二九―二〇〇五〕

＊38　てんやわんや（獅子てんやと瀬戸わんや）　大きいほうがてんや、チビ、ハゲがわんや。てんやは元警官で丸の内署で部長までいったとか。昔は内海《うつみ》突破《とっぱ》の弟子。ギャグはすべててんやが作った。ナンセンスに妙があった人気漫才師。〔獅子てんや　一九二四―二〇一四、瀬戸わんや　一九二六―一九九三〕

＊39　ジョージ吉村　ギターを弾き、唄うクラブの人気者。プロレスラーの吉村道明に似てこの芸名。

＊40　じゅん高田　ジョージ吉村同様クラブ芸人。一時柳亭痴楽の弟子となり、柳亭らく楽と名乗ったこともある漫談家。あちらでいうスタンダップ・ジョーカー。

＊41　小汀《おばま》利得　本当は利得《としえ》。日本経済新聞の顧問もしていた文化人、粋人、いや哲人か。私と同じ東京は大田区鵜《う》の木の住人。いつも同じ背広、つまりなり振りかまわなかったのか、逆にお洒落だったのか。細川隆元と組んだ世相斬りの毒舌は有名。つまり毒舌の元祖ナリ。〔一八八九－一九七二〕

＊42　こん平（林家こん平）　故・林家三平の弟子。越後から出てきたのが売り物の田舎っぺい落語家。全身バイタリティの奴。〝越後から米搗きに来た〟見本。〔一九四三－二〇二〇〕

＊43　三升家小勝《みますやこかつ》　六代目。八代目文楽門下の落語家。数多くの自作・新作落語を得意

とした古典物も明快な口調でこなした。代表的演目に「初《はつ》天神」「花見小僧」「真田《さなだ》小僧」「二番煎《せん》じ」「妻の釣り」などがある。〔一九〇八－七二〕

＊44 **三升家勝二** 噺家。〔のちの八代目小勝、一九三八－〕

＊45 **橘家文蔵** 同じく。〔二代目、一九三九－二〇〇一〕

＊46 **毒蝮《どくまむし》三太夫《さんだゆう》** 家元が名付けた傑作の一つ。ムチャクチャにおかしい。当人はそれが判らナイ、という不思議な奴。家元マムシ受け噺《ばなし》を「オール讀物」に書いた。〔一九三六－〕

＊47 **岡本太郎** 家元に首ィ絞められた奴。これじゃ本文と同じだ。〔一九一一－九六〕

＊48 **ぺー（林家ぺー）** ギター弾いて下手な唄と漫談。女房がパー子といってキャアキャアやたら喧《うる》さい。けどこの二人、家元愛している。〔一九四一－〕

＊49 鈴村一郎　チト、ゴツイ顔をして眼鏡を掛けていたっけ。「ジープは走る」しか知らナイ。〔一九一六－七六〕

＊50 三橋美智也《みはしみちや》　最大のヒット曲数を誇る民謡調流行歌手。故・春日八郎と共にキングの全盛時代を作る。その頃の美声は何に例えたらいいのか……。〔一九三〇－九六〕

＊51 岡晴夫　通称〝岡《おか》っ晴《ぱる》〟。戦前から戦後を通じ岡っ晴調という甘い、明るい歌声で特に戦後の歌謡界を席捲する。没後二十四年、いまだ全国に「同晴夫を偲ぶ会」が健在。〔一九一六－七〇〕

＊52 笠置《かさぎ》シヅ子　戦前はジャズ歌手。戦後「東京ブギウギ」で日本一の売れっ子になり、エノケンと組んでミュージカル映画に多数出演。素顔は頑固なおばはん。〔一九一四－八五〕

＊53 ポール牧　指パッチンのポールは情熱家。坊主の倅。一度自殺して生き返り、現在に及ぶ。〔一九四一－二〇〇五〕

＊54　関武志　〝指パッチン〟のポール牧と組んだコンビ「ラッキー7」で売れる。子役あがりのコメディアン。〔一九二四－八四〕

＊55　橋達也　三橋達也に非ズ、橋達也である。花かおると組んで「ストレートコンビ」と称した。いまや貴重なコメディアンで、その叩き込んだ転びの芸はポール牧同様素晴らしい。〔一九三七－二〇一二〕

＊56　由利《ゆり》（徹《とおる》）　御存知色豪由利徹。新宿のムーラン、セントラル、やがて故・八波むと志、南利明と組んでの「脱線トリオ」のイキの良さ、物凄さ。現在喜劇界の大将。高平哲郎著『由利徹が行く』や『談志楽屋噺』にもそのエピソードは多く書かれている。いや書いた。それらはここに紹介した人達の大部分に及んでいる。未購読の人は早速買うべし、これ命令也。〔一九二一－九九〕

＊57　南（利明）「ハヤシもあるでよぉ」のＣＭで爆発的な人気をとったエノケン門下のコメディアン。名古屋弁を使い売る。ＴＶ「てなもんや三度笠」の〝ねずみ小僧〟

等の面白さ。澤田隆治著『私説コメディアン史』に詳しい。〔一九二四-九五〕

＊58 茶川（一郎） 南利明同様に澤田さんの本にある。関西で佐々十郎、大村崑と組んで「番頭はんと丁稚どん」で売り出した、目玉が売り物の〝茶ァさん〟。〔一九二七-二〇〇〇〕

＊59 平凡太郎 凡ちゃん、金語楼の弟子。NHK「お笑い劇場」でテレビ初出演と聞く。私は彼のマイナー、受け身の芸が好きだ。〔一九三三-二〇〇二〕

＊60 シミキン（清水金一） 戦中・戦後の人気者。でも、あの売り物の明るさの中に悲しさを感じた。それが、そのままシミキンの人生であった。〝ハッたあすゾ〟〝ミッタァなくてシャアねえ〟等のフレーズが有名。〔一九一二-六六〕

＊61 森川信 〝モッちゃん〟と呼ばれた。喜劇よし、リアルな作品よし、何でも来いの喜劇役者、これも澤田著の本に詳しい。そりゃ当たり前で、コメディアンを扱った本なのだから……。他に淀橋太郎著『ザコ寝の人生』。サブタイトルに〝森川信に捧

〝ぐ〟とある。これ面白かったなァ……。〔一九一二―七二〕

＊62 **堺駿二**　堺正章《マチャアキ》の実父。浪曲師の倅、コメディアン。実に器用な芸人で一座をさらっちまう。情があり、多くの後輩に慕われた。その死はチト早過ぎ、惜しみて余りある、と仲間はいう。〔一九一三―六八〕

＊63 **八波《はっぱ》むと志**　間違いなく大物役者になったろうが、自ら運転の車をぶつけて事故死。喜劇から本格的（嫌な言葉だ）役者になった絶頂であった。〔一九二六―六四〕

＊64 **佐山俊二**　八波、由利とは逆に〝陰〟というか、その姿の如きマイナーに感ずる芸を私は愛した。ボソ〳〵喋る、エロ話などの愉しさをいまも思い出す。浅草フランス座で八波むと志と一緒の時代もあり、「脱線トリオ」で八波亡き後、穴を埋めていた時代もあった。〔一九一八―八四〕

＊65 **泉和助**　通称〝和っちゃん先生〟といわれ、〝ちゃん〟と〝先生〟が一緒というのも珍しい。何でもござれで楽器、殺陣《たて》、コメディ、踊り、中でもタップは名人。何

をやっても軽いのだ。家元M・H《ミュージック・ホール》時代の和っちゃんに惚れて通ったものだ。小さい身体だが、どこかバタ臭い芸人であった。これまた『談志楽屋噺』に詳しい。〔一九一九－七〇〕

＊66 三波伸介　伊東四朗、戸塚睦夫と「てんぷくトリオ」で売り出し、NHKの番組「お笑いオンステージ」で、よきお父さんのイメージで日本中に知られるようになる。つまり「いい人」ということで、家元の芸人論に反するが。ま、仕方もあるまい。そういう人だったかしら……違うような気もしたが……。〔一九三〇－八二〕

＊67 東八郎　小島三児、原田健二とこちらは「トリオ・スカイライン」を組み、小島のボケを中心に売り出す。つまりその頃はTV演芸を中心に第一次お笑いブームと呼ぶべき時代が来たので、コメディアンのほとんどがコンビやらトリオやらを構成して売り出しにかかったのだ。他に「天兵トリオ」「ギャグ・メッセンジャーズ」「ナンセンス・トリオ」「じん弘とスリーポインツ」等々……。〝東八《アズハチ》〟の愛称で誰にでも愛された人で、その死は月並みだが惜しい。〔一九三六－八八〕

＊68　関敬六　むしろ不器用ぐらいのコメディアンだが、その喜劇に対する情熱と親切、やさしさを持ったいい奴。シミキンの「浅草の唄」を愛し唄う。〔一九二八－二〇〇六〕

＊69　谷幹一　渥美清と「スリー・ポケッツ」を組む。渥美が売れて一人立ち。そのあとに海野かつをが入った。〔一九三二－二〇〇七〕

＊70　石井均《きん》　新宿の均ちゃんは若者の文化であった。「てんぷくトリオ」を組む前の戸塚と伊東は石井均の一座。大きな口と動きの速いコメディアンで、後に曽我廼家《そがのや》十吾《じゅうご》に乞われて家庭劇に行った。〔一九二七－九七〕

＊71　戸塚睦夫　身体の大きな人だった。とってもいい人だった。伊東四朗共々石井均に捨てられ？三波伸介をリーダーとしたトリオを組んだが、そのボケ役は役者のほうが遥かによかった。早死にだ、惜しいし、懐かしい。〔一九三一－七三〕

＊72　小島三児　「トリオ・スカイライン」の一人。ボケ役だった。〔一九三九－二〇〇〇

一〕

＊73 内藤陳《ちん》 本名は陣《のぶる》という。「トリオ・ザ・パンチ」のリーダー。自称幻のコメディアン。現在、冒険小説を読むグループのリーダーのような仕事をしている。まだ死んではいない。〔一九三六－二〇一一〕

＊74 志の輔（立川志の輔） 落語の協会に頼らず私が作った真打ち第一号（その後はまだなし）。つまり立川流落語会になってからの弟子。並みにやれば志の輔ぐらいにはなる、という家元の判断である。とすると他の噺家はほとんどバカということになる。〔一九五四－〕

＊75 志らく（立川志らく） 家元はこやつを褒め、買っている。けど思ったより伸びない。でも将来こやつが本当の落語家になるはずだ。こやつに敵う若手落語家は一人も居ない。〔一九六三－〕

＊76 小朝（春風亭小朝） まことに程のよい噺家。流暢で、熱心で、結構である。一

番抵抗のない咄家だから売れっ子となる。家元のいう落語はその先にある。まだ判ンナイだろうなあ、無理もない、まだ若い。〔一九五五－〕

＊77　高田文夫　落語家名は立川藤志楼。落語家に憧れているから他の咄家より遥かに咄家らしい。他の咄家と比べると高田は怒るだろう。私の弟子である。作家だし、唯の咄家と違って感性がいいから作品は楽しく、現代を語る部分は小朝と似るがジャンルが違う……と抽象的に書いても始まらない。ま、一度聴いてみろやい。〔一九四八－〕

＊78　山口敏夫　あの姿、あの喋り通りの〝策士〟といわれている人。情況の一段階の処理は上手い。陰の仇名は〝珍念〟。〔一九四〇－〕

＊79　梶山季之　ルポライターから作家。梶さん。〔一九三〇－七五〕

＊80　レナ・ホーン　黒人の血の流れる美貌の歌姫。映画にTVにトップに立つ。一見黒人とは見えないが、血統としてその頃は黒人の世界に入れられ、黒人扱い。しかし

それが白人の社会に認められてきた、いや認めさせてきた最初の人といういい方は如何……。大リーグのジャッキー・ロビンソンほどの衝撃のデビューではなく、ジワ〳〵ではあるが……。〔一九一七－二〇一〇〕

*81 アンディ・ウィリアムズ　アメリカ的良心的平和家族の代表歌手。歌はたいして上手くないが勿論魅力はある。「ムーン・リバー」「カナダの夕陽」等々、多くのヒット曲あり。〔一九二七－二〇一二〕

*82 ペリー・コモ　こっちは名人、イタリア移民の子。アメリカの歌手はイタリア人が多い。マリオ・ランツァ、フランク・シナトラ、ディーン・マーチン（違うかな）等。ペリー・コモ、何とも軽い芸だ。〔一九一二－二〇〇一〕

*83 藤村有弘　通称〝バンサ〟。知的で器用で、ゲイの部分もあり、家元と話が合った。日活映画の国籍不明外国人の役柄は傑作也。〔一九三四－八二〕

*84 タモリ　昼間になるとＴＶに出てくる奴。こういう芸のない遊び相手がギャラが

高くて、家元の如く芸のある者の出演料が安いのも妙。いえ〳〵現代はＴＶの露出頻度が高い者がいい芸人となる。決して皮肉ではない。〔一九四五－〕

＊85　芥川比呂志　見るからに肺病やみ。どこかジャン・ルイ・バローと繋げて見てた。まったく違うのに……。〔一九二〇－八一〕

＊86　吉田矢健治　三橋美智也のヒット曲の中で家元のヒイキ曲は、中ヒットだが「みれん峠」と「月の峠路《とうげじ》」、共に吉田矢先生作曲だ。俠《おとこ》っぽくて、酒呑みで、魅力のある人だ。〔一九二三－九八〕

＊87　ハンク・アーロン　米アラバマ州生まれの黒人野球選手。ブレーブスの右打ち外野手。全盛期にはハマリング（鉄槌）・ハンクといわれ、王に抜かれるまで世界のホームラン王だった。〔一九三四－二〇二一〕

＊88　クロマティ　米大リーグのエクスポスから昭和五十九年来日し、巨人軍入り。陽気な性格で日本になじみ、頼れる助っ人として活躍したが、平成三年契約切れで帰

国。〔一九五三―〕

＊89　岸信介　安保反対、安保反対、アンポ反対、岸を倒せ、アンポ反対、ガヤ〳〵〳〵、ウワァー。〔一八九六―一九八七〕

＊90　ジミー時田　愚図、大酒呑み、肝臓病、鶏のガラ。だがC＆W《カントリー・エンド・ウエスタン》の名人。これらを全部引っくるめた奴。つき合わないほうがいい。〔一九三六―二〇〇〇〕

＊91　石川達三　昔の作家。昔は感動したけどなあ。『青春革命』なんか楽しかった。本物だと思っている。〔一九〇五―八五〕

第三章　文人づき合い

御大に似てきた田辺Jr.

さて話は変わって……それほどのこたぁない。田辺御大……どこまで書いたっけ……。そう〳〵、銀座は泰明小学校前の露地、地下一階の「美弥」のカウンターの端に鎮座ましました御大は、ウイスキーはオールドパーのストレートを舐めながら、野球のラジオ中継を聴いている。ついでにいうと、この店にはテレビも、カラオケもない。マスターとママ、それに手伝いの私の弟子。ラジオからは御子息の礼一さんが喋る声。礼一さんは、NHKのスポーツアナだ。

田辺さんはこの田辺Jr.、つまり礼一さんをこよなく愛していた。

そのエピソードを一つ。

新宿は本店の紀伊國屋が新しいビルとなり、〝新宿の文化〟とばかりに聳《そび》え立った。

そこで開店式には朝野《ちょうや》の名士……（古いネ）……が集まった。入口でそれを迎える田辺一族、その中に勿論長男の礼一さんも居たが。何せ仕事の途中で駆けつけたのだろう、上は背広だったか忘れたが、私の記憶ではスポーツシャツにスニーカーだった。

そのスニーカーを親父は指さして、〝これ、ウワッ、ヘェッ〟と苦笑いをしながら何ともトロけるような嬉しそうな顔をしていたもんだ。

その礼一さん、いまや親父にそっくりになり果てた。〝ガォッ〟も〝グイッ〟も、加えて駄洒落も〝ま、いいか〟のフレーズも。

御大に見せたいネ。

見たら何というだろう。

〝バカヤロォ……何だい……ウヘッ……〟とオープンパーティと同じ嬉しき苦笑いをするはずである。

それにしても礼一さん、田辺先生によく似てる。弟の隆二氏も同様だが、御次男のほうはこれに助平が加わる。

だが、まだ〳〵田辺先生にゃあとても〳〵お二人共追いつかない。

〝当たり前だい〟、談志だってそうだ。

この田辺アナ、私や名人だと思っている。こんなに品よく、的確に、オーバーでなく、見事に中継を聞かせてくれた人を他に知らナイ。何せ品がいい、学習院出身である。あとは、ちとオーバーではあったが、ラジオ日本の島碩弥であろう。

文士は嫉妬心があり過ぎる

田辺先生、たいして勝負に興味はなさそうだったが、オールスター戦は好きだったようである。客が立て込んできてもラジオに一番近いカウンターの隣で静かにしている。おとなしく飲んでいる。

野球中継終了後、そろ〳〵夜の出番と相成る。その頃にゃあ、このＢＡＲに三々五々と集まってくる、芸人、文化人、ヒマ人達。

名前をあげるとキリがない。ほとんどの人がこの店に来ている。

「あー来てるな、雑魚が一杯」。もうその頃は〝グァーッ〟の田辺である。

〝雑魚は群れたがる〟といったっけ、これはこの場所でなかったかも知れナイ。それも芸人でなく文士にいったからサアたまらない。あの嫉妬深い小心の彼等の怒りを買い、一時田辺先生文士達から干されたっけ。

口惜しかったかバカにしたのか、「芸人のほうがいいや」といった。

「嫉妬心があり過ぎる」ともいったっけ。

「先生、この文句は先生が作ったの？」

「いや平林たい子[1]だ」、とまともにボソッと答えたよ。

その作家達とは、その頃銀座の一流と称された場所「姫」「眉」「ラモール」「順子」等で出会った作家の誰か達である。

吉行淳之介[2]、近藤啓太郎[3]、川上宗薫[4]、生島治郎[5]。結城昌治や安岡章太郎[6]は居たかな？藤島泰輔[7]、山口瞳[8]、星新一[9]、柴田錬三郎[10]のうちの誰達のことか、いや私の会ったことのない連中かも知れナイ。

少なくとも梶さんではない、これはいえる。何しろ先生は梶山季之に惚れ切っていた。またあんないい人はなかった……。

まぁ、いい人とは己にとって都合のいい人のことをいうのだが、梶さんは誰にでもいい人であった。〝いい人は早く死ぬ〟、当たり前だ、自分のことより相手の気持になって行動してくれるんだもの、身体がいくつあったって保《も》つもんか。何せ、あの交際範囲だ。厳しくいっちまえば、それをしないと当人も不安なのだろう……。それは私の第二の師匠兼哥《あに》さんである色川武大先生も同様であったっけ。逆にいやぁ、それをしないと己が保てないのだ。

で、この哥《あに》さんも、あの病気はさておいても、早く死んじまった。死んで安心しているような気もある。

梶さんは、どうだっただろう……ワカラナイ。梶さんのことはまた後で書く。一時期、茂一・梶山・談志と三つの世代、明治、大正（梶さんは昭和だろうが……）、私の昭和と、ま、勝手に決め三人連れでよく遊んだ。遊んだたって、勘定はこちとら芸人なんで払ったことはない。いつも田辺先生……いや梶さんではなかったか……。

本質を書くことを忘れた現代の小説

書いてて、気がつくと、この文章？この手法というか、やり方は田辺さんの本に似ている。つまり、小説といっているけど田辺亭のは、ほとんど日記なのだ。

分析しちまうと、小説なんてとてもいえた代物《しろもの》ではない、とこうなるだろうか……。

この日記がいいなあと思い、待てよ、これ小説だぜ……と随分たってから理解《わか》った。

「先生の書いたもの、いいネ」

「ウォーッ、遅いネェ、アア、無理もない、落語家だ。アアいい過ぎたか、気にしない……」

小説が小説というジャンルを確立した時に、そのジャンルにがんじがらめになってしまうのはどの世界も同じこと、まして〝小説の文章〟という一つのスタイルに読者が酔っているうちゃあよかったが、現代《いま》やそんなもなぁどうでもいい。昔確立した文章にがんじがらめは書いている奴の話であって、まして内容よりも様式が優先してくりゃ、すぐ読者に判っちまう——おまけに物の本質が判ってきて、その頃人間が作った常識、ルールが次々と壊れてしまった日々。ベルリンの壁も、愛も、夫婦も、家族も、国家も……。

昔はそれらのことをどこかで一部でもいい、フィットさせてりゃ済んだし、探り方の妙味に興味を持ったが、現代は何探ることたぁない。それらの本質をズバリいい切れるはずであろう。ま、本質はムリがあると思うけど……。

早い話が気どって〝文筆〟という芸に酔ってても、ものの本質が書けないのだろう。

〝いや違う、小説というものは小説という一つのフィクションのためにそれを書くものなんだ〟っていうならもう仕方ない、こちとらお手上げ、関心もないさ。いや、現代にもその如く見える小説がまだまだあるが、それはもう世間の一般読者の対象にもならなくなっているのだ。

それを作家側では読者とそれを書く作家のダラクという。昔の達人達の文章のうまさは、そこに生きていた私にはいささか理解《わか》る、けどもうムリだ。

〝本質を書けばいい〟と書いたが、じゃあ、その本質って何だい、といわれても……つまり、ナンダ……、そのォ、落語と同じく、〝人間の業《ごう》の肯定〟とでもいうか、正常とか、常識とか、学習でなぞ、とても解決のできない部分を書き、あとは余計なことを書きたきゃ、それは余計なこととして書けばいい。

数え唄、それもエロ数え唄の如く、

「〽一つ出たホイのヨサホイのホイ　独り娘とヤル時にゃ、ホイ、親の許しを得にゃならぬ」と書けばいいし、

「〽三つ出たホイのヨサホイのホイ　醜い娘とヤル時にゃ、ホイ、顔にハンケチせにゃならぬ」と書くことだ。

世の中まったくその通り。醜い娘、ブスとヤル時にゃ、顔にハンケチをして違うイメージで燃やさにゃ、人間、男、立つもんじゃあないし、〝他所《よそ》の二階でスル時にゃ、音のせぬようにせにゃならぬ……〟。見事である。音のしないように、相手に聞こえないように、しなけりゃイケナイ事が世の中にゃあいくらもあるし、まして他所《よそ》の二階で内緒でヤル時にゃあ、なおさらであろう。

この本質を書けばいいのに、小説家ぁ、バカだから、まして純文学と称するバカ野郎どもは、許しを乞うた相手の娘の両親の了見から書きやがる。了見ならまだいい、その家系、住んでいる街の色なんという、見えもしないものから書き始めやがるのだ。で、それができるのがいい芸人、いや作家、といわんばかりの如くである。そういう風潮が時代と共に落語界にもあった。いやいまもあるが。その落語家どもは世間の興味の対象にもナラナクなっているると同様に小説の世界にも、秋風が吹いているのが現状である。

だが本当にイリュージョンを書いたなら文句はない。

夏目漱石の如く『坊つちゃん』を書けばいい。『坊つちゃん』とは実に当を得た題名であり、その内容である。

ちなみにいうと川端康成はダメだ。『雪国』は題名はまあいいとして、あの内容は面白くも何ともない、『伊豆の踊子』に至っては題名も内容も屁だ。

ま、いいか……。

それに比べると田辺先生の文章はいいのだ。本質をついている。本質だけを書いている。人間だけを追っている。それは昔流？にいやぁ、小説にもなってない、といわれたろうし、そんな時代に生きていたのである。

作家にもなりたかったろうが、田辺茂一を理解し、作家としても理解した奴は居なかった。で、仕方なく先生、金があったから、とりあえず彼等のスポンサー、とこうなったのではないかしら……と私は読んでいる。〝世の中の装飾〟なんざぁどうでもよかったのだろう。その姿、古今亭志ん生に似てる。片や金持ち、片や貧乏、なめくじ長屋であったけど……。

いま想うと、田辺さんのその言動は私にとって全部、ではないけれど、ほとんどが納得できる。人間の本性に合っている、本当のことをいってくれていた、それも日本人として……。

ということは、私が時折日本人らしくない発言などをしてイキがっている部分が目立ったのかも知れない。

生意気千万《せんばん》にも田辺先生を理解《わか》ったつもりで書いてはいるが、たとえ誤解でも褒めてるんだからいいとしてもらう。ましてあの頃は、駄洒落は判ったが、先生の本質は理解《わか》っちゃいなかった……。

その駄洒落とて、その奥にある本質までは理解《わか》ってなかった。

「何でもいいんだ、喋っているほうがいいんだ」といい、

「人間二人以上居て黙っているのは陰険だ」

といっていたが、このフレーズには感心したネ。

もっとも、その頃の談志《わたし》だ。二十代の後半から三十代の前半だし、まして売れてる、超売れっ子、得意の絶頂だ。他人の言葉の奥なんぞ、知るもんか。判るもんか。まったく配慮なんてあるもんか、それが若さというもんだ。

いつも若手への叱言《こごと》の引き合いに出された

その昔、これは十代の頃だ。師匠小さん[*11]に「お前は判ってない」といわれ、「でも師匠の歳になればワカリマス」、といって、いや、いった、いいました。いったんだい。〝まあ大変なガキだ〟ということで、これは落語界の有名な失敗話《しくじりばなし》として残っている。

怒った師匠、いや、呆れた小さん師匠はこのことを小さん師匠の師匠、黒門町の師匠こと、八代目桂文楽にいったという。

ちなみに文楽といやぁ、文楽師匠のことなんだが、この節、〝バカの小益〟がこの名を継いだために、八代目文楽の、先代文楽の、といわざるを得なくなった。悲しいことである。

その文楽、先代文楽、八代目黒門町の師匠は、これまた呆れて、落語協会の年一回の総会での挨拶に、この話を会員全員の前でした。

「こういう奴です、こやつは」と晒《さら》され、以後、〝総寄り合い〟というと、私への叱言《こごと》で始まった。つまり若手にいう叱言、後輩に教える文句、苦情の対象の代表にされた。

「おい、小ゑん（当時二つ目の家元は柳家小ゑんといっていたのであります）、お前は、これ〳〵こういうことをいったというが、実にケシカラン、イケマセン」とやられ、それは立川談志になっても続いたのだから凄いネ。

時には何で、こんなにやられなくてはならないんだ、とこの俺様も泣いたっけ、……ホントだぜ。

相手の理不尽に対する口惜し涙だ。

いいたかないけど、いわしてもらう。

その歳になって判ればいいのだ。そんなこと、深いか浅いか知らねぇけど、若い時に判ってたまるか、第一そんな人生の諸々《もろもろ》を、そんなに若い時分に判った日にゃあ、人生面白くも何ともない、もしそれがワカッたりしたら、そんな野郎はロクな者にゃあナラナイはずだ、精々成って政治家か……これも居直りと八つ当たり……。

小さん師匠はそれをいい続け、諦め、またいった。そのことは現在《いま》にも続いているし、繋がっている。落語家としての師匠はいい続けているようだが、人生の師匠のほうはそんなことは一言もいわなかった。人間の出来が違う。

物事の本質が判るのは五十過ぎてから

田辺先生は、相手の言葉とロジックだけを逆に責めても、相手の、その違いの差にヘキエキしながらも、

「ガァ、判ってねえや、無理もない、ま、いいや、ホシは泳がせろ」

といったっけ。

この〝ホシは泳がせろ〟も先生の常套フレーズの一つでござんした。

ことによると田辺先生、ずーっと周囲《まわ》りにその本質を理解されてなかったのかも知れナイ。

とこう書いていても、それに現在《いま》、私は五十代の後半であるし、いまいってること、書いてることなんざぁ、六十代の人が聞いたら、それこそ、「談志はワカッテないネ」であろう。

田辺さんはいってた。

「ねえ先生、いろいろとワカンねぇンですよ」に「五十過ぎなきゃ駄目だ」

その五十歳もはるかに過ぎたが、まだ、ワカンナイ事だらけ。ことによると、ワカッタとしても、それは人間同士お互いに共通する、人間のわずかな部分でのことなのだろう。

第一人間、相手に全部分解され、判られちまった日にゃあ、もう立つ瀬がない。

「だから談志は判ってねぇってんだ」とまたいわれるだろうが……。

コメディアンの泉和助《いずみわすけ》のギャグだ。

「お父っつぁんは判ってないよ」

「俺は判ってるサ」「判ってない」ともめる。

「お前こそ判ってないんだ」

「オレ〝お父っつぁんが判ってない〟ということを判ってんだよ。それを判ってナイ、というお父っつぁんが判ってないんだ」

「お父っつぁんは判っているのに、それを〝判ってない〟といっているお前が判ってない、ということが判ってるから、お前は判っていない、といっているのに、それを判っていないというお前は判ってないんだ」

「お父っつぁんは俺のことを判っているというけど、それがもう判ってないショーコなんだ。それを判ってるといってるが、もう判ってないということなんだよ。判ってるということが、判ってないんだ。それが俺には判るから、お父っつぁんは判ってないといってるんだ」

「お前が判らナイ、判らナイといってるほど判らない、お父っつぁんじゃない……。判ってない」と延々と続く。最後に伜がいう。

「ナンダカ、ワカンナイ」

人生これなんであります。

このもやもやは、泉和助《わっちゃん》先生を想い出しながら、親子の落語によく使う枕でもある。

田辺先生、百も承知二百も合点で泳がせておいてくれた。私と永年つき合ってくれた。連れて歩いてくれた。馳走《おご》ってくれた。

何と御礼をしていいのか……。

何しろ相手は金があって地位があって頭がよくって、つまり人格が、格が違い過ぎたのだし……。あれでよかったのかも知れナイ。甘ったれててよかったのだろう。だって、それしかできないもの……。

「人間噺されたら踊れ」


話を戻す、もう戻しようがない。けど戻す、戻したようにする。

銀座のバー、クラブでの話、ハナシ、エピソードの数々。

田辺さんの、いや田辺センセイのおカバンを持たせていただいての例の如くの夜の時間だ。

或るクラブに入った……、いいネエ、この書き方、或るクラブに入ったは我ながらいい。その通り、表現通りである。俺の文章は、その情況が目に見えるだろう……に。

「いま、当クラブに立川談志師匠がお見えになりました」

だいたい売れてるとはいえ芸人がきただけで、それを客にマイクで告げるクラブだ。これも文章通り、よくその情況が判るだろう。

「早速、ここで御挨拶代わりに、一言お願い致します」

〝冗談いうねえ〟であった。〝そんなに簡単に喋らされてたまるか……〟であった。

「呼んでるよ」と田辺さん。

「いいよ、冗談いうない、嫌だよ、プライドが許さねぇや」

「いうねぇ、若いねぇ、〝囃されたら踊れ〟ってんだ」

これ強烈だった、見事なパンチを一発全身に喰らった。

その通りだ、〝囃されたら踊れ〟なんだ。こちとらの一番痛いところを突きやがった。

いや先生失礼、「教えていただいた」。

でも、あん時ゃ、喋らなかったと思う。いや、喋れなかったのだ。だって全身に一発あびたんだもの――。もうフラ〳〵だった。このフレーズ、林髞《はやしたかし》、[*12]つまり木々高太郎《きぎたかたろう》さんがいったのだと先生の弁。

これを、そのままやったことがある。相手は舛添だ、[*13]舛添要一。

「いいのかなあ、こんなに方々で出て」

に俺様、

「いいじゃねえか、〝人間囃されたら踊れ〟ってなもんだ」

「いいなあ、師匠。いいこといってくれた。その通りだ」と舛添要一。

その彼を知る人が或る時、

「舛添がさぁ、どこにでも出て行くんでねぇ。あの人学者だよ、あれじゃあ困るよ」

「そう？」

「そうですよ」

「なら、そういってやったら」

「いったらネ、〝いいんだい、人間囃されたら踊れ〟ってサ」

「それ、俺が教えたんだ」

「ダメだよォ、踊り過ぎてるよ」

でも、いいと思うがなあ……。

事業家と文士の間で

田辺さんは怒ったことがなかったが、比べると、私はいつでも怒ってる。ほとんど怒ってる。いまも怒りながら書いてる。怒りというか、不満というか、まあ愚痴でさぁネ。そういや、岡本太郎は「芸術は怒りだ」といった。ナラ、あの爺さん、もうちょっと大事にしときゃよかったかな。首を絞めなきゃよかったかな。

怒るのはプライドが高いから怒るのだろう。自信がないから怒るのかも知れない。いや、そうに違いない。それが証拠に、ヤクザでも親分はなかなか怒らない。チンピラはすぐ怒る。「いまごろ気がついたか。ガァーッ」と、また田辺さんの声が聞こえる。

しかし、いい替えりゃ、夜の世界では田辺さんは怒る必要がなかったし、私にとって夜の世界は、自分の芸と看板をしょった全人格の勝負場所だったのであろう。そしてそのことは、田辺さんもそういってる。ハッキリとは憶えてないが、それらしきことをいっていた。〝夜の社交の場所は男の勝負の場所である〟。

話をエスカレートさせていけば、その人格をしょっていた昼間の世界、本屋の大社長の世界では、おそらく怒ることも多々あったろうが。それはそれ、なぜあんな苦虫を嚙みつぶしたような顔をしていたのか。見えた国に居たくないというような風貌になっていたのか。

ことによると、これは本当に〝ことによる話〟だが、どうもあの状態、つまり、紀伊國屋書店社長・名士・田辺茂一というのが、あまり好きでなかったのではないか。そして、その嫌な部分に価値を感じ、認め、集まってきた連中に対しては、よほど機嫌がいい時ならいざ知らず、本質的にはみな嫌だったのだ。決めた、決めた、決めるに限る。私もそういうところがあるから、よく判る。それに決めた。決めると物事楽でいい。つまり〝思考の停止〟、こいつぁ楽だい、とりあえず楽だ。決めたら、お前を道連れに、〽茂一を道連れにィ……。

しかし、その世間で偉いと称する部分、立派だと褒められている部分を取ったら、何が残る。そこで己は保《も》っているのである。もっとズバッといやぁ、自慢するのは事業しかなかったのだ。しかし、事業家や世間一般には自慢ができても、文士というひねくれた、ケツの穴の小さい連中には、とてもその説明はつくまいに。説明をすればするほど、相手は嫌がる。つまり不純な奴だといいかねないし。そんなことに一切関係なくつき合ったのは、梶山季之ただ一人だったのではないか。それは梶さんの場合と同じような状況でもあったろう。つまり、梶さんの作品への文士達の評価のことである。

作家に憧れながら、文士達はそれを認めてくれなかったし。そこで、己を認めさせるのは、事業の成功であり、名門紀伊國屋・田辺茂一であったろうが、それは〝相手は認めたくないし〟ということは当然判っているし。ならつき合わなければいいのに、そうもいかないし。つまり、不愉快。

不愉快となりゃ、人間、色と酒。行くところは決まってる。昼の顔が成功すればするほど、文学を趣味に集まる連中と合わなくなる。せいぜい合わせられるのは、お旦那《だん》としての顔だけであろう。

そのお旦那《だん》としてバカにしている人に、スポンサーになって貰おうと行く文士どもの非道《ひど》さも、田辺先生は十二分に知り尽くしていた。なら、素直に田辺先生を認めてやりゃあいいのに、〝ヨオ大将〟〝ヨオ、お旦那《だん》〟とネ。

しかし、誰が素直に仲間に入れるもんか。入れた日にゃ、自分達の負けだと思っている文士どもめ。

　己の事業の成功が、文士・田辺茂一にとっては邪魔であった。本来、まったくそれとは関係ないことなのに。田辺さんよ、貧乏な本屋だったらよかったんだ。いや、もともとあなたが嫌ってた炭屋だったらよかったかも知れないよ。炭屋を薪炭《しんたん》業と称し、そして〝本屋ならいいよと母は一言いってあの世へ行った〟と書いたが、本屋なんぞにならなくて、炭屋のまんま大きくなったらよかったんだ。いや、大きくならなきゃよかったんだ。山本七平[*14]さんのごときに、あの程度の本屋でよかったのだ。

　それを消すには、酒に限る。酒となりゃ、当然、夜だ。昼飲みゃ、周囲《まわ》りから文句も出るし、逆に夜の世界で飲まないと、文句もまた出る。そのためには、己の半分を消さにゃなるまい。

　話はそれるが、皇室へ嫁にいった、いや、嫁にやった父親が、その嫁ぎゆく娘にこういったという。

「お前は殿下の人格に惚れたのか、ポストに惚れたのか。人格に惚れたのならいいが、ポストに惚れたのならそれはよくない」

　この記事を見た時、〝なんとまあバカな親父がいたもんだ〟と、こんなバカな親の娘だから、たいしたもんじゃないから、皇室に嫁に行っても務まると、逆に安心をしたもんだ。

冗談いうな。人格とはポストを含めた全てのことを指していうのだ。

しかし、我が田辺御大、成功者・紀伊國屋社長というのを消さねばならぬ部分があったとしたら……。ところが、それを消したら田辺茂一はなくなる。このジレンマではなかったのか。

それが、「それいけ、ガォー」。ああ、何だかワカンナイ。

たとえ万引しても本を読んでくれれば満足

大阪の三番街というか、梅田の、大阪駅からホテル阪急へ続く、地下の、プロムナードに近いような感じのところに紀伊國屋が支店を出した。開店式に誘われて出かけたっけ。本の棚がずらっと並んでいるところを通行人がぞろ〳〵歩いている。つまり、通勤通路というところだ。

そこで、

「ねえ先生、ここに本を並べたって、人がぞろ〳〵来て通るだけ、買わないよ、売れないよ、立ち読みだよ。へたすりゃ万引だよ、これ。ダメだよ、これ、商売にならないよ」

田辺亭、いったよ。

「方法はともあれ、読んでくれれば満足だ」

凄いね、大仏さんの境地だね。観音様の了見だね。盗られようが、只で読もうが、読んでくれりゃ結構だとサ。

その大阪で、ＴＶで一緒になった。おそらく藤本義一[*15]っつぁんの司会していた「11ＰＭ」であろう。

ちなみにあの番組は私のアイディアだったのである。深夜、といっても十一時頃か、その時分、夜の十一時にＴＶなぞを観る人がまずいないだろうといった頃である。

「なら、そこでどうですかね、〝ひとついま頃、男達はどういう場所に居るんですか〟ってのをやったら……」

と、夜のクラブを映し、ここではこういう会話があり、こういうショーをやっている、などというのを、ひとつ見せようじゃないかと始めたのが、これが「11ＰＭ」になり、それがニュースとショーという演芸に分かれて、私のほうは落語をやってくれ、それも一座でと、それが〝金曜夜席〟となり、やがてそれがいまだに伝わっている「笑点」という番組に転化したわけだ。

「11ＰＭ」が私のアイディアであるということを知っている人はまだいるはずだ。その一人に加賀義二君、これは加賀まりこの従兄《いとこ》[*16]。

あの家は、面白いとこで、姉と妹と、兄と弟が、兄・姉、弟・妹と結婚したわけだから、普通の従兄《いとこ》よりも血が濃いんだね。

その加賀まりこさんに相談したことがある。あのネ、うちの娘が不良になって……いや、これはあとで書く。

サンフランシスコ紀伊國屋開店式

そうだ、紀伊國屋の支店のことで思い出した。サンフランシスコにも支店を出したね。さあこうなると田辺先生曰く、〝世界の紀伊國屋である〟。

その開店式のデモンストレーションというか、セレモニーに出かけた人、もう憶えてないな……すたこらさっさ……そんなことはないか。吉行さんは行ったかな、安岡章太郎がいたぜ。コンケイ（近藤啓太郎）さんはどうかな。梶山先生はいたね。戸川昌子、[*17]丸谷才一、[*18]團伊玖磨《だんいくま》、[*19]秋山庄太郎、[*20]藤島泰輔、徳間康快《やすよし》。[*21]文学界関係、中央公論だとか、文藝春秋だとか、そういったところのボス達。勿論有名人だ。いわれりゃ思い出すし、判るけども、メモ一枚で書いている私には思い出せない。でもこんなことは聞きゃ判る。

芸人は、山崎唯と私の二人。三平さんは行けず。田宮二郎[*22]と羽田の空港まで送りにきて、特別に借りた部屋で三平さん、相変わらず漫談をやって景気をつけていた。田宮二郎はデンスケを持ってインタビューに回ってた。

小生は、珍しく女房連れ。この女房も山崎唯の女房の久里千春同様に、田辺先生にはハマっていた。ハマっていたとは、つまり気に入られていた。が、久里ちゃんほどじゃぁなかったけど。

記憶によると、これだけのイベントを創ったのだから、日本の文化のためには当然、日本航空が協賛というか応援してくれるだろうと思ったら、そうしてくれなかったという苦情を田辺さんから聞いたよ。

それに忘れちゃいけない、銀座の綺麗どころが、そうねえ、二十人もいたかなあ。柴田錬三郎もいたような記憶がある。

メンバーの一人ひとりの紹介はどうでもいい。早い話が、わーッ！　と、よーッ！　と、行ったわけだ。それも銀座の仲間と……けど先生にしてみりゃあ、事業上のメンバーも揃えた。そうそう、思い出した、文学界関係のボスでは池島信平[*23]、野間省一[*24]、等々。田辺先生、〝俺はこれをやりたかったんだ〟と自伝に書いてあった。

サンフランシスコに朝着いて、都ホテルが出してくれた納豆と味噌汁、カリフォルニア米のうまさは忘れない。〝外米なんぞ〟という奴の顔が見たい。

友人がイタリアへ行って、食べた米、つまり飯が大変に美味《うま》い。で、これ、何という飯だと聞いたら、「イタヒカリだ」といったという。これ、ほんとなんだよな、伊太ヒカリ。

金門橋を渡ったり、一通り観光名所をバスで回り、領事館の接待。別に嫌もないからみんな出かけていった。

向こうの接待に対して、〝こっちも何か〟ということになって、まず私が、小咄を喋り、当人としては洒落たつもりのフランスジョーク、アメリカン小咄、ロシアジョークなぞをやって、まあそこそこ受けたっけ。

次に山崎が当然の如くピアノを弾いた。場所柄、「霧のサンフランシスコ」「想い出のサンフランシスコ」ってなもんだ。プロだから、ヤンヤ〳〵。

先生、見回したね、周囲《まわ》りを。

「もうほかに芸人居ねえかな。居ねえか。居ねえかい、おい、誰も出ねえのか」

ひょいと見たら、團伊玖磨がいた。

「あ、居た〳〵。ああ、こりゃ一人じゃダメだ」

そりゃそうだろうな、一人で棒振り回してもしょうがねえもんな。團さん、変な顔してたよ。

観光バスで回った時に、銀座のクラブの連中が、トイレに行きたくなったんだろう。「このバスにトイレはないの？」「トイレはないの？」と口々に。

そこで團先生、いったね。

「これはバスだけだ」

うまい、さすが團伊玖磨、田辺さんの駄洒落と違う、駄洒落でも違う。

梶山季之の友情

領事館が先だったか、紀伊國屋のパーティが先だったか、そこでちょいとした事件があった。

つまり、紀伊國屋の店頭の本の並べ方が先生の気に入らなかったのだ。それも大変気に入らなかった。田辺先生の意図と全然違うような会場ができてしまっていたのだ。

それを梶さんが、一晩かかって田辺先生と一緒に並べ替えてくれた。この梶山さんの友情、梶山さんの行為、どれほど田辺さん、嬉しく、心強く感じたことか。

余談を一つ。

パーティになって、安岡章太郎がいたから、そっと行って、「先生、しばらく」っていったら、「なんだ、国会議員か」って、スッと横を向きやがった。なんであんなことをやりゃあがったんだろう。洒落なのかね、本気なのかね。本気だとしたらバカな野郎で、了見の狭い奴だと思った。

本来セコイ奴らが文士なので、人生のセコさを書いてりゃいいのに何か出版界がバックについていると偉い奴とでも思っているのか。社会のトップクラスに居ると信じてケツカル。自分も代議士と五十歩百歩なのだから嫌うのかも知れない。

たかが立川談志だろうが、横山ノック[*25]とたいして変わらないよ。国会をバカにするのは勝手だ。国会議員達は文士どもにバカにされたって歯牙にもかけない。それ以上に文士をバカにしている。

それとも私が国会議員などという、野暮というか不埒《ふらち》なものになったことが気に入らないのか。ナニ洒落だぜ、人生の洒落だぜ。青島や陳平[*26]みたいにずーっとやっている奴とは違うんだぜ。それほどでもあんめいに。ま、いいや。

私は女房を連れて有名なレッド・ガーター[*27]へ飲みに行った。

どこかのホテルでは憧れのミルス・ブラザーズがやっていた。もう私ゃ酒が入っている、マルガリータ五、六杯。

その前のレッド・ガーターでは、山崎《やま》唯と一緒になる。

私は歌の種類など知らないけど、デキシーが好きだから、「デキシー！」って叫んだら、向こうはデキシーランド・ジャズではなくて、デキシーという曲をやったんだ。

山崎《やま》はそれを聞いて、「デキシーをリクエストしちゃったから、デキシーがかかっちゃった」という。私の失敗談をことさらにみんなに喋ってやがったっけ。

嫌味な野郎だなと思った。こっちの語学のできないところへつけ入ってきやがったな、とも思った。

それと同様なことを山崎は後年するようになった結果、絶交。これは余談で。いや、これも余談。

おお懐かしきミルス・ブラザーズよ。この名をとって川田義雄が自分のバンドをミルクブラザーズと名づけたのだ。そのミルス・ブラザーズに昔からのメンバーは残っていたかなぁ。三人のうち、一人いたかも知れない。いや、居た。私ゃ酔ってるから女房連れて楽屋へ行って、彼らを日本へ呼んだ小島正雄[*28]が死んだということを手振りで説明したが、理解《わか》ったらしい。

サンフランシスコの紀伊國屋はいまでも続いている。文化の交流もしているだろうけど、どのくらいの価値があって、どのくらいのレベルへ食い込んでいるのかは判らない。逆にいうと、「なんだい、こんなものが」というのが、案外、外国のどこかの部分に食い込んでいるという例を、事業、政治ばかりでなくて、芸能界というところにおいても知っているし、見ている。ということは、随分非道《ひど》いものを外国に出したり見せたりしてるんですよ。いえ〳〵紀伊國屋はそんなことはない、絶対に……。

財布紛失事件と先生

パーティが終わって三々五々散った連中が集まってきて、田辺さんを中心に十人ばかりが、クラブへ行くことになった。ラッキーホラーショーだったのかな。見ててたいして面白くなかったが、そこに出てきたつなぎの芸人というか、ジャグラー、つまり曲芸師。具体的にいっちまえば、トリネタは逆立ちをするんだが、客席からお客を一人舞台に上げて、寝かせて、手を上に出させて、その手の上に乗って逆立ちをする、こういった、ごくあるヤツだ。

〝ソレェー〟っと酒入りの田辺さんが舞台に出ない訳がない。田辺さん、拍手で迎えられて出た。手を振り、例の調子で大騒ぎ。で、舞台に寝て手を上げたね。曲芸師は手の上に乗ったよ。二、三度失敗しながらも、田辺さんの手の上で見事にこれが逆立ちした。ヤンヤ〳〵、先生〝ガォーッ〟。当然、田辺先生は、その後の酒場でも踊った。

ホテルに帰ってきたら、財布がないという。揉めてる。あいつが盗ったに違いない、あの芸人が、舞台で俺の財布を抜きやがった、という。

調べたが、ワカラナイ。その店の経営者の女房は日本人だ。「そんなことはありません。当店《うち》の芸人はそんなことはしません。そんな芸人じゃありません」と弁解、言い訳……。だが、結局判らずじまいで店を後にした。その店のママは、結果、申し訳ないということにおいて、その芸人をクビにしたという。

しばらくしたら、帰りの機内でだ、何と〝財布が出てきた〟とよ。

「何、先生財布はあったの」

「ウン、出てきたんだ」

「先生、冗談じゃないよ。えーッ？　芸人に対して失礼も失礼。これ、何といってお詫びしていいか、先生、これ、大変だよ」

「ああ」

「ああじゃないよ」

「何ともならないもの……」

もう〝しょうがないよ人生だい〟とはいわなかったが、そんな雰囲気もあった。

「行って詫びてきなよ、いまから引き返せよ先生。三拝九拝して詫びろよ。ゼニ持って謝れよ。芸人のプライド、人間のプライドを傷つけたんだ。それも相手を盗っ人呼ばわりして……」

結局行かなかったらしい。一体どういう了見なのか。許せないよ。言い訳なんざぁさせるもんか。酷え親父だ。金持ちだから情けを知らないのかネ……。大バカヤロウだ。

あの芸人、名前は知らないが、あの逆立ちの芸人、生涯、紀伊國屋を恨んでるだろうな。その祟りで田辺さん死んだのかも知れナイ。

私は東京に仕事があって、一足先に、ハワイ経由で帰ってきた。

女房はみんなと一緒に楽しい旅行をしたという。ハワイへ来て、カハラ・ヒルトンの豪華さを初めて知ったと、これまた喜びを語っていた。女房は逆に曲芸師を恨んだが、理由《わけ》はもう忘れた。

サンフランシスコ紀伊國屋の開店式の一席である。

参議院再出馬断念記者会見の一席

つまり、何のかんのと、早い話が、一家四人全部、田辺さんのお世話になっている。

そこの亭主の立川談志は、夜ごと田辺さんに飲ましてもらっていたのだ。田辺さんのおかげで名士を知り、一流人と会い、一流の店を知り、つまりいままで知らなかったこと、落語以外の世界を教えてもらった。落語の見方考え方、落語とは何かまで教わった。

田辺さんに教えてもらわず、自分で開拓したのは、あの選挙……そう〳〵、そういや六年間、私ゃあそこに居たっけね。何といったっけ、あそこ……ホラ……。細川護煕と昔一緒に居た場所。そう〳〵、参議院。あれ〳〵、あの時ぐらいか。

〝選挙に出ます〟と田辺先生に報告したら、何にもいわなかった。反対だったのだろうか別に何もいわなかった。いっても無駄だと知っていたんだろう。もっとも〝何でもやんな、やったほうがいい〟と普段いっていた感もあったし……。

反対に手塚先生はいった。これも後の話で、私が二度目の参議院選挙出馬をやめた時だ。

〝もう行かないでくださいネ……〟と。

その手塚先生の言葉はちゃんと守っている。仲間は賛否両論あり。私の部屋で激論にまでなったが結局手塚先生の言葉を信じた。

しまいに、じゃあ選挙をやるか、それともその金で全員ハワイに連れていってやるか、〝どうする〟っていったら、〝ハワイのほうがいい〟とサ。

で結果ハワイ行きでチョン。

再出馬しないと決めた時に、記者会見をした。場所は何と東宝演芸場。[*29]集まった記者どもにガタ〳〵いわれるのも癪だからと、後見人に圓生師匠と田辺先生に連なって貰った。

これが凄い効果なのだ。

バックにお二人が、特に圓生師匠が居ると、相手は何もいえないのだ。

「この人は落語界で必要な人でゲスから」

この一言でお終い。

田辺さん、ニヤ〳〵笑っていただけ。

でも何のかんのと質問もあり、一応答弁はした。

バカ〳〵しかったのは、何と最後に一人の記者が聞きやがった。

「あのォ、いまの答弁を五つにまとめるとどういうことなんです」

呆れたネ。田辺さんも怒ってた。

〝それが手前ェの仕事だろうに〟〝記者なんてあんなところだよ〟ともいった。

そこにいた時、そことは参議院のこと、やはりそこにも田辺先生的というか、自己にない部分を持っていると勝手に判断したところのグループに入った。曰く宏池会《こうちかい》である。

なぜ宏池会に行ったのか。後援してくれた石原慎太郎の線で、つまり石原の作った「新しい日本の会」というグループの推薦を受けた二人のうちの一人が私、もう一人は細川。時に細川三十三歳、立川談志三十四歳。細川は一番若い参議院議員であった。そのイワクもあり、本来ならば芸人の時から可愛がられていた、また石原のバックにいた佐藤栄作氏のところへ行かねばならぬのに、勝手に私は大平のところへ馳せ参じた。つまり、こっちが惚れて大平正芳を師匠にしたという訳だ。

もっとも師匠が弟子を認めて育てるというケースはあまりない。とりあえず弟子のほうから師匠を見込んでいくのが、どの世界でも一般的なケースである。

してみりゃぁ、私の処にいる多勢のあの弟子どもに私は見込まれたんだ。えらい奴に見込まれたもんだ。落語「鮫講釈」ではないが、鮫に見込まれた講釈師みたいなものである。

稲葉修先生の答弁は絶品だった

そして、そこにいたもう一人、亡くなった稲葉修[*30]先生にも、やはりその種の魅力を感じ、近づき、いろ〳〵教えていただいた。

「人間は正しく生きなきゃ駄目だよ」

「〝正しく生きる〟ってどういうことです」

「家庭で一番の不幸は病気、国の不幸は戦争だよ」

「そうかなあ、戦争ってなあ、イイ、ワルイで判断すべきものなのかなあ」

「君は恐ろしいことをいうネ」

「まだ判ってない」といい、「まったく判ってない」ともいったようだった。

それはそれ、稲葉先生の国会での受け身の答弁は絶品であった。漫才でいうとボケの芸と同様である。

予算委員会で共産党の不破哲三[*31]が質問している。答弁は法務大臣・稲葉修。予算委員長は国会名物・荒船清十郎。[*32]

場内ガヤ〳〵どころか騒然としている。質問者の不破さん、

「質問中ですから静かにしてください」

委員長は「お静かにィ、お静かにィ」と大声だ。それに答弁者の稲葉先生、一緒になって「静かにしてください。委員長も静かにしてください」。

不破さんの質問に騒然としている場内から野次だ。

「法務大臣理解《わか》っているのか……」

〃稲葉法務大臣〃との委員長の大声に立ち上がった稲葉先生、

「質問を聞き漏しました」

「私ゃやめますよ」と不破さん……。

法務委員会で、和服姿の稲葉先生にロッキード事件の質問が飛ぶ。

「大臣、あなたは〃一杯飲みながら事件を解決したい〃といったそうですが、それは本当ですか」

「そんなことはないよ。事件を解決してから〃一杯飲みてえ〃っていっただけだよ」

参議院で、たしか法務委員会か予算の時か、後に大阪の砂利船の利権汚職で捕まった公明党の田代富士男の質問に「法務大臣」と呼ばれて、椅子から立ち上がって両の手をテーブルについて喋り出すまでのノロいこと、ヌゥーッと立ち上がり、両の手をテーブルに……。

「で……ナニ〳〵なんで、こう〳〵で……」

と抽象的な言葉を並べて最後に、

「遺憾の意を表する次第《しでえ》であります」

「遺憾の意なんていってないで、素直に謝りなさいよ法務大臣」

「法務大臣」と呼ばれて、また同じスタイルで立ち上がり、両の手をテーブルにつき、でナニ〳〵なんで……のキマリ文句は一言半句変わらナイ。

「遺憾の意を表する次第であります」

「遺憾の意じゃないんですよ、謝りなさいよ大臣」

「法務大臣」

三度目もまた同じ、全部同じ、一言半句変わらナイ、で〝遺憾の意〟だ。

しまいには質問者も怒ったよ。田代さん、

「いい加減にしなさい。〝遺憾の意〟〝遺憾の意〟って同じことを並べて……私は〝謝んなさい〟っていってるんですよ」

「法務大臣」

四度目だ。また〳〵ヌゥーッと立ち上がり、

「あんたネ、〝遺憾の意を表する〟ってのはネ、これ謝ってんだよ」

場内引っくり返ったっけ。田代さん怒ったっけ。「ふざけている」「馬鹿にしてる」

そうなんだよ、先生相手を馬鹿にしてたんだよ、でもイキなもんだった。


よく応援を頼まれて行ったし、自分から買って行ったたっけ。

新潟の駅で待っているが迎えは来ない。本来ならサッサと帰っちまうところだが、何せ相手は惚れた稲葉先生だから仕方なく我慢して待つことにし……。

オンボロ車ガタ〳〵運転してのお迎えは伜の大和クンだ。

〝どうも済みません〟とあの顔で謝られると文句もいえない。

稲葉先生いったっけ。

「伜に大和ってつけたら、すぐ沈められちゃった……」

寒い空の中、食事もロクにさせて貰えずの応援、クルマからマイクを持って窓を開けて怒鳴るんだから。場所は新潟、雪風が吹き込むネ。

「何か喰うものないの」

「ハイ、どうぞ」

何と大福がきたよ。好きも嫌いもない。腹が減るから大福頬張っての連呼だ。

「稲葉修、稲葉修、稲葉修、稲葉をよろしくお願いします。稲葉、稲葉」寒いネまったく。「〝稲葉お寒うございます……〟ってやったら」といったら、

「そりゃ、ねえよ、談志クン」

だとサ。

先生が落選した時は涙が出た。村上のバカ野郎達、何で稲葉先生を落としたんだ、と勝手に怒り、涙の手紙を先生に書いた。

〝貴君の手紙に涙しました〟と書かれたその返事の手紙を大切に持っている。

「油断したんだナ」とボソッといってたが、すぐ復帰してくれた。

大和クンは「僕は政治家よりエンジニアになりたい」といっていたが、先生の後継者として衆院に入ったのは御存知の通り。

稲葉先生は「人間、真、善、美である」と私に教えてくれたが、これがどうも判らなかった。

判らなかったと書くが、この際、あえていう。そうではないと思う。もっといえば、それは落語家の了見ではなかったからだ。

佐藤栄作総理の色紙

佐藤総理から或る日、電話がかかってきて「色紙をかいてあげたからとりに来たまえ」。行きましたよ。

寛子夫人が居てね、そりゃ当然だ、女房だから。私、この人は好きだった。アッケラカンというか、少女みたいでスコンと抜けた部分が、なんともいい。

佐藤さんが旭日ナントカ一等章だか、例の一番偉い勲章を貰ったのでお祝いに行ったのか、別の用件だったたか、世田谷の家に行ったら寛子さんが居て、そうか居るよ女房だ……。

また始まった……。

「ねえ談志さん、今度ネ、ウチの栄作がネ」

〝ウチの栄作〟っていったよ。一番凄い勲章を貰ったのよ、とその勲章を見せて、亭主をわざ〳〵立たせて、首からそれをかけて、

「ね、ねえ、いいでしょ、似合うでしょ」

これを照れながらさせるままになっていた佐藤さん、とってもいい夫婦だった。

佐藤さん家《ち》で飲んで、酔っぱらって、

「昨夜親父の頭を叩いたよ」と信二さんにいわれて恐縮の極みであったっけ。

その時の酒はウォッカがぶ飲み。「ツマミは何がいい」と寛子さん。こっちは物おじしない性格だから、

「〝キャビア〟ある……」

「あるわよ」

そのキャビアの美味《うめ》ぇの何の。

「ねえ佐藤さん、これ、何処《どこ》に売ってるの」

「売ってないよ、イシコフ*33が土産に持ってきたヤツだ」

凄いなぁ……、その時貰った、いや強奪したネクタイも大事に取ってありますよ。

いろ〳〵話はあるけど、ま、この辺にしとくか。また、どっかの会場で喋るよ。

懐かしき佐藤総理のこと、大平さんのこと、稲葉先生のこと、裏話、裏金ばなし……これは駄目……。

佐藤さんが亡くなって、その時の記憶、そう、私ゃたしかヨットの中で、いや海が荒れて、東京湾だな、私はヨットに叩きつけられて足の骨を折ったんだ（メチャクチャな書き方だ……という自覚は持っているよ）。それを折れてないと判断されて、毒蝮が小守トレーナーのところへ連れていき、その頃は、小守の伜がやっていたな。内出血で膨れて倍ぐらいになってたその足を揉みやがった。〝痛え、痛え〟と悲鳴をあげたこの俺に毒蝮が、「だらしがねえ奴だ。我慢のねえ野郎だ」とこきやがった。

あとで病院で調べたら〝折れている〟とサ。あんなのがジャイアンツのトレーナー、おい、大丈夫かなと思ったね。

何がいいたいかっていうと、松葉杖をついて生活していた、そこへ訃報。駆けつけていった。

世田谷のお宅へ行った時に、どういうわけなのか一国の総理、元総理の死なのに、弔問者が誰も居なくて、信二さんがいたな。

普通の家と同じような祭壇のところへ私が行ったら、寛子夫人がこういった。

「談志さん、こんなになりました」

物凄く印象的だった。素晴らしい言い方だった。

相変わらず能書きは長くなったが、佐藤さんの色紙のサインだ。墨痕淋漓《ぼっこんりんり》という感じではない。優しい字だ。「善戦者不怒」(よく戦うものは怒らず)と書いてある。

「これは何ですか? 私に対する〝教え〟というか〝戒め〟か、それとも佐藤さんの了見ですか」

佐藤さん、

「まあ、どっちでもいいだろう」

この辺、茂一っつぁんと似てたね。

とうとう〝茂一っつぁん〟となったが、いっとくが、銀座のバーではみんな、茂一っつぁんといっていたんだ。

〝嘘つけ、先生といえ、先生といってたはずだ。嘘を書いてはいかん、ゴオッー〟

大平正芳さんの一言

で、大平正芳。

つまり、受け身の人生というか、あえてというか、勝手に私はそう決め、そう受け取った。あのウーアーの裏に隠された計算。

テレビで座談会というか、多勢《おおぜい》でパァ〳〵喋ってる。そのゲストに大平さん。当時首相だったかナ、それはどうでもいい。

無礼にもその中の一人だ。世間では奴らを文化人と称する。〝何をいやぁがる〟である。

「大平さん、あなたはウーアー〳〵と、他人《ひと》の意見聞いてるだけで、オリジナリティは何もないじゃないですか。自分の考え、指針というものは一体どうなってるんですか」

これに対して田中角栄なら何という。

「あなたネ、誰に向かっていってるんですか、何を理由にいってるんですか」とくるだろう。中曽根さんも同様だ。

私も同様だ。「何の理由でそれをいってンだい、この野郎」と同時に、〝だいたい、手前ぇはなあ〟と、向こうの欠点を全部並べてやる。喋りまくってやる。

大平さんは違う。まずこういうね。いや、こういったね。

「いやー、忠告してくれて嬉しいね」

凄いね、これは。

「そのォー、オリジナリティがないのではなくて、他人《ひと》の意見を聞く時間が長すぎたのかね」

これも凄いや。唸るね。

だいたい〝他人《ひと》の意見を聞かなきゃいけない〟というのが世の教えの一つであろう。「他人《ひと》の意見を聞く時間が長すぎたのかね」っていわれりゃぁ、これ相手に文句が出ねえ。ましてや、その前に、「忠告してくれて嬉しいね」というんだ。〝凄いなあ〟と思った。〝参《まい》ったな〟と思った。人間の出来が違う。

こんな話はいくらもある。でも、まあいいや。

聞きたきゃ談志の一人会においで。一人前、三千五百円。いつも一杯だよ。早めに申し込みをどうぞ。

梶さんと柴錬さんのバクチの決着

再三登場するというか、書いている、銀座の我々の溜まり場、泰明小学校の前の路地を入った右側地下一階飲み屋、と別に、その頃もう一軒の溜まり場が、日航ホテルの前の「魔里《まり》」であった。いや、前でなく横というべきか……どうでもいいか。

そこは梶山季之、梶さんの巣である。

つまり、「魔里」のママが梶さんの……いえ、つまりその、なんだ、ね？　……で、その「魔里」に毎夜の如く通っていたのだから、エピソードもさぞ多いだろうと、いま思ってみるが思い出さない。

田辺先生と梶さんの仲は誰しも知った間柄である。誰しもったって関係のない人は知らないし、普通の人は知らナイ。田辺先生は誰よりも誰よりも梶山季之が好きだった。

その梶さん、あのメガネの奥でいつもニコ〳〵笑ってて、梶さんの怒ったのを知らない。梶さん、どんな相談にでも乗ったらしい。頼まれれば何処へでも出かけて行って、相談に乗ってやって、結果助けてやった。助けられた奴を随分知ってる。中にゃ借金のカタに女房を出せと小佐野賢治[*34]にいわれた田宮二郎のハナシ等々……。

有名な話に、その頃梶さんの仲間、柴田錬三郎の、芦田伸介[*35]のと、そこで例によって始まるドボンと称する、ブラックジャックの変形のバクチだ。

私の勝手な想像だが、梶さん、人がいいから、いつも負けていたようだ。

或る時、芦田伸介とやって、芦田が負け続け、金がなくなって、しまいに新聞紙を切っては、そこへ五万の十万の書いて貼ってた。

俺なら「いい加減にしろ、ゼニ払え。ないならやめろ」というのに、梶さん、それをいわない。最後までそれでやってた、つき合ってた。

私ゃ先に帰っちまったし、あとで会って、梶さんに「あれからどうしたの?」って聞いたら、「負けちゃったよ」。いや、「負けてやったよ」といったかな。

柴錬さんはバクチの才能があるから、梶さんなんぞ敵《かな》う訳がない。積もり積もったその借金、まさか〝いいよ〟〝いいよな〟とはお互いにいえない。

柴田錬三郎の書いた、たしか『大将』という、モデルはあの坪内壽夫《ひさお》、四国は道後の奥のほうに温泉を掘り当て、やがては佐世保重工をはじめ、会社再建の神様といわれた、あのお方の一代記、その中に、いや、別のかな……これぱっかりだ……。

その出版記念、いや、そのホテルの開業記念に、柴錬、梶さん招かれて、来賓として行ったとサ。

その時に柴錬曰く、

「なあ、梶山よ、もしこの来賓としての挨拶の時に、お前が〝オマンコ〟といったら、いままでの借金を全部チャラにしてやる」

梶さんの番がきた。梶さんはマイクの前に立ち、

「私はポルノ作家の梶山季之であります。人生はオマンコであります」

といって壇を降りてきたという。

〝梶山に悪かったな〟と、痛恨に近い思いを柴錬の文章から、私は感じとった。

それにしても、可愛いというか、涙ぐましいというか、梶さん、いい。とってもいい。

素晴らしい。涙が出そうになるほどいい。目に浮かぶ。恥ずかしそうに、開き直って……。

ああ人がよければ、死ぬのは当たり前サ。いい奴っていうのは、早い話が、己にとっていい奴を〝いい奴〟という。もっといやぁ〝都合のいい奴〟だ。こっちにとって〝いい奴〟ではあるけれど、向こうの了見はどうだったのだろう。

普通にしてて、勿論いい奴だったに違いない。人間無理していい奴で居ようたってそんなことはすぐ判る。しかし、どっかで、心のどっかに、相手によくしてないと自分が保《も》たないという弱さもあったはずだ。

例は違うが、プレイボーイが、または二枚目が、女にちょっかいを出す、手を出す。それは、俺が手を出せば、相手は落ちるんだ、来るんだ、寄ってくるのだという一つの確認、己のアイデンティティのためである。

だとすると、〝いい奴〟であるためにそれらの行為をしていたのか。元来、〝いい奴〟なんだけど、相手にとって〝都合のいい人〟なんだけど、その都合のよさがエスカレートしていった時に、それについていかないと、自分がいい奴でなくなるとでも思ったのか。その気持ちはまったくないとはいえないだろう。

してみりゃ、保たない。辛いもの、心も体も。

第二の師匠、色川武大哥貴《あにき》にもその気があった。

「なんだってあんな有象無象《うぞうむぞう》と麻雀打ったり、酒飲んだりしてんだい。それに金までやってる。馳走《おご》ってやってサ」

こういった時に、武大哥《あに》ィはニヤッと笑って、

「馳走《おご》ってやらないと遊んでくれないもの」

この言葉も印象に残っている。

勿論〝額面どおりでないことは当たり前なんだが〟と解説をする必要もないのだが、でも、書いてるところを見ると、どっかに判らない奴がいるから、そのために……というヤボな話だ、俺の書く本は……。

「ああ、いうね、また自己反省だ。自己反省ならまだいいや、自己弁護だ。ガァーッ」

大宅壮一は田辺先生を認めていなかった

「魔里」はママが一人とバーテンが居たかな、居なかったかな、記憶が定かでない。

衣公子《いくこ》という若い……つまりホステスというところか、小柄でグラマーで、その裸体は見事で……いや、いやー、あのー、まあ〳〵、まあ。まあいいだろう、時効だ。

私が「魔里」に連れていっているうちに〝頼み込んだ〟というか、〝紹介した〟というか、〝連れ込んだ〟というか、まあ……あ、そうだ、〝橋渡しをした〟女性、こういやぁよかった。以下、衣公子のハナシだ、田辺さんのハナシだ。

「オイ、衣公子、田辺先生のことで知っていることを片っ端から喋れヤイ」に、「いいかしら」。「いいよ、喋ってくれよ」に、喋り始めたネ。

「そうねえ、特定の彼女は居なかったわネ」

「赤坂のホテルにホテル代を払いにいったことがあったワ」

「女性はガッチリとして髪の多い人が好き」

「ゲイとか、おかまに興味はなかったよな」には、

「そうね、あたしのことも好きだったけど、あたしの故郷に一緒に行ったら、母のほうを気に入っちゃって……」

「あたしに彼が居たのを、その彼と田辺先生夜ごと会ってたのを知らなくて、それが判っ

た時は怒ったワヨ。それがあたしが店を出した日、自分の花輪を持って帰ってそれっきり一年くらい来なかったワ」

「勝手だなあ……いやネ、意外にああいう人は女性の裏というか、心の底を読まないんだよ。だから判らないんだ。俺にもそういう処があるネ。で、魔里の勘定払ってた？」

「払ってた、一人五千円ネ」

「小遣いはくれない、車代は貰ったことがあるけど。何かして貰った記憶はナイネ」というと、

「うちの店（まり花）も五十万ぐらい貸したまま」

「花輪といえば、梶さんのお通夜で柴錬さんと喧嘩をした。花輪の順序のことで……」

「陰険なとこもあった」と私。

「昼間はほとんど喋らナイ、酒も一切飲まない」には、

「旅行に行ってもその通り。連れていく人は選ばなかったわネ」

「山崎（唯）さんと一緒の時も喋らない」

「言葉遣いには厳しかった」

等々、ほとんど同感である。

「で、あんたとは……？」

「それがないのよネ」

「そんな訳がねえ」

「……つまり……不発だったの……暴発か……」

「へェー」

読んでる人、判る？

ときに田辺先生、女と見ると誰にでも想いをかける。建具屋の半公と同じだ。

「道灌《どうかん》」中の一節《いっせつ》。

「この絵は誰です？」

「これは小野小町《おののこまち》だ」

「美《い》い女ですね」

「うん」

「惚れた奴がいるでしょう」

「想いをかけた方が多くいなすったな」

「なんです?」

「惚れた方がいたよ」

「当ててみようか」

「判るかい?」

「判るよ、建具屋の半公だろう。あいつは女と見りゃ想いをかけるんだ。こないだお阿母《ふくろ》に想いをかけて、親父に張り倒された」

って、あれに近い。

心理的にいえば、きっと田辺先生はお阿母《ふくろ》に想いをかけていたはずだろう。私は田辺先生とほとんどまともな話をしたことがないように、梶さんともそれらの話をしたとは思えない。つまり、誰彼相手を問わずに始める例の調子で、ロジックの合戦で、梶さんともそんな夜ごとの酒だったはずだ。

或る時、週刊誌で大宅壮一[*36]さんと私が対談をした。大宅先生の対談の連載の中の一人に、私が選ばれたということだ。

また始まるようだが、その頃は人気絶頂、バリ〱の売れっ子の立川談志。どんな話をしたか忘れたが、こんなことを憶えている。

この連載とは別に……、いや、この連載だったろう、田辺先生もゲストに出たことがある。その対談を読んだ時に、大先生曰く、対談後記だか最初だかに、

「なんで私はこの人と対談をするのか判らない……云々……」

つまり、大宅壮一にしてみると、田辺先生の価値なんぞは認めてなかったのだろう。ま、雑誌社にいろ〳〵曰くがあって田辺先生が選ばれたのかも知れないし、また違った意味で先生の会話を聞かせようと企画をしたのだろうが、いずれにせよ大宅壮一の眼中にはなかった。

ナニ、大宅先生ばかりではない、ハッキリいってその頃銀座で田辺先生の評価は低かった。そう私には見えたし、同様に見てた人も多くいる。

勿論先生の中身が判らなかったこともあるが、何せ、表現はあの〝ガァーッ〟と〝駄洒落〟だし、相手の本質を衝く方法が他の人とは違う。ズバリ本質をいうが相手には何だか判らない、で何か不快になる、とものの順序だ。

その価値を、生意気にも若き立川談志が売り出してやった、と勝手に自負している。

これはあくまで勝手に、である。

私が喋る田辺伝に私の友人達はみな感心して聞き、談志《わたし》をクッションとした田辺茂一を

尊敬した。

ことによると談志が創った、勝手に創り上げた田辺茂一に感心していたのかも知れない。そしてその実像は、もっと野暮だったのか低かったのか、はたまたケタ違いに上だったのか……。

若くて向こう見ずで、昔から人見知りしない、物おじしないから、「ガァーッ、つまりバカだ」。誰彼の差別なくパァ〳〵喋るから、先生、それが気に入ってくれたのだろう。


「酒席でうどんなんぞ喰うなよ」

対談が終わって、

「ねえ、先生、ちょいとつき合ってくださいよ」

「いいよ」

で、「魔里」へ案内をした。

その時意識の中には、梶さんも〝大宅門下だったはず〟ということがあったのかな……。

先生を連れていったその店「魔里」は大喜び。〝よくぞ連れてきた。先生、ようこそいらっしゃいました〟と大歓迎。

当然ながら、大宅先生を中心として会話は回る。

あの人、飲酒《のま》ない。で、こっちは当然飲んでる。飲みゃ酒癖のいいほうではない。いやワルい。

つまり、酔っていいたいことが山ほどあったということだ。

「ぼく、何か食べよう」と大宅先生。

「先生、何にします?」と「魔里」のママ。

「何でもいい。うどんなぞあるかね」

「ございます」

なんとそこで、うどんをとったね。バーでだ。さあ、黙っちゃいられない。

「ねえ、大宅さん」

大宅さんときたね。〝なんだい八公〟、とはいわなかったが、

「バーでうどんを喰うなよ。うどんなんぞ喰うなよ、酒の席で」

周囲《まわ》りは驚いた。〝とんでもないことをいい出した〟と思ったんだろう、こともあろうに大宅御大に対して……。

「いいんだよ、先生はこれで」

「何がいいんだい。よかあないよ」

「いいんだよ。余計なことをいうな」

と、梶さん。弟子だから当然だ。

「喧《やかま》しいやい、このエロ作家」

毒づくだけ毒づいて、荒れるだけ荒れて、とうとう表へ放り出された。いや、まあ、連れ出されたんだな。

翌日素面《しらふ》になって、いささか気がさしたネ。梶さんに会ったネ。

「昨夜はごめん。どうだったい、大宅先生怒ってたかい」

「いや、〝元気がいい〟と笑ってたよ」

「歯牙にもかけなかったな」

「そんなことはないよ」

或る時、梶さん、「なあ談志よ」といったか、「師匠」ではなかったろうから「談志さん」かな。

「あのさあ、世間で邪道といわれようがいいんだよ。受けりゃいいんだ。俺だってそうだ。ポルノ作家とか邪道とかいわれようが、何といわれようが、受けりゃいいんだよ。心配なんざぁ不要《いら》ないんだよ……」

「ちょっと待ってくださいよ、梶さん。私は本格派なんだよ」

ったらね、梶さん、

「あっ、そうか。こりゃ悪かった」

そういったよ。

梶さんと田辺さん、二人共文壇のハグレ者だったのかも知れない。

生贄を〝なまにえ〟と読んだデビ夫人

「魔里」の話、PARTⅡ。

行ったら、デビが[*37]居た。デビ、知ってるだろ？　ビデじゃあねぇ、デビだ。あのスカルノのアレだ。

一緒に小桜葉子って、亡くなったけど、加山雄三の阿母《おっかあ》がいたよ。上原謙の前の女房。いや、死ぬまで女房。死んでから、例の若い女性と一緒になり、騒動を起こしての、ドーン！

カウンターの店だから、隣には座らないが、離れたところで飲んでた。パァ〳〵いって飲んでた。

喧《うる》さく感じたのか、デビの奴がこういった。いやがった。

「あの方はどちらです」

「あの方はどなたです」

なんという妙な調子なんだろう。声柄は違うが、判りやすくいや、天皇陛下みたいな調子だ。先代の天皇ね。〝どっから声を出しやがんだ〟、この雌猫、ババァ猫奴《め》ってなもんだ。

「誰だっていいじゃねえか。呉越同舟で飲みゃいいやい。そういうＢＡＲだい」

デビの奴、

「いけません。知らない人と一緒にお酒を飲むことはよいことではありません」

と、こういやがったよ。呆れけえったね。

さあ大変だ、相手は立川談志だ。

「何をいやがる。コノヤロウ。スカルノの妾」

そうだ、俺に何かいった。デビの奴はこんなことをいってた。

「インドネシアの若者達の気持ちが一番理解《わか》るのは私です。そうでなければ、あなた、大統領の夫人は務まりません」

こういったんだ。こういやがったから、

「喧《やかま》しいやい、この妾」

こう始まったんだ。

梶さん、例の如く居たよ。

「まあ〳〵」

「なにがまあ〳〵だ、エロ作家」

梶山さんが『生贄』というデビの本を書いている。で、この本をデビは「なまにえ」と読んだという、こういう話が巷間伝わってる。

で、たしか私もその時に、

「ああ、ナマニエが来たのか」

と、こういったはずだ。

「なあ、梶さん、ナマニエがいるじゃねえか。えーっ？　ナマニエに何かいったらどうだい。直接会っていえよ、いえよ」

これも例の如しだ。あとはドガチャカ、ガサ〳〵ガー〳〵。ジャーのスーのドタンバタン、結局また放り出され、いや、連れ出された。

梶さんが亡くなって、衣公子、本名・西本衣公子、彼女はその近所の地下に小さなバーを始めた。「まり花」という。

吸うといい気持ちになるヤツとは違う。飲んで不愉快になる場所である。いや、失礼、飲んで愉快になるところだ。

そう、いま、銀座で昔の如く芸人や文化人というジャンルの連中が集まってくるのは、この店一軒ではないだろうか。

しかし、そこにも時代が過ぎて、もう吉行さんもあまり出てこなくなったろうし。

星新一はどうしたかな。

生島治郎。

川上宗薫は死んだ。三平さんも死んだ。随分違うかな。

ベロ〳〵に酔っぱらって、床の上で抱き合った、太地喜和子[*38]も死んだ。

藤島泰輔も姿を見せない。

漫画のつのだじろう[*39]が、癖のある顔で、和服で気炎をあげていたことを憶えている。

でも、相変わらずタモリが飲んでたり……長部日出雄[*40]が酔っていたり……勘九郎[*41]が来てるかな……俺もほんの、たまにィ……なっちまったっけ。

「魔里」にも顔を出してない……ごめんよ梶さん……。

＊1　平林たい子　学生時代にアナーキスト活動をしていたが作家に。『かういふ女』で女流文学者賞を受賞。戦後は反共産主義的行動をとった。『砂漠の花』『林芙美子』

『宮本百合子』などが有名。〔一九〇五－七二〕

＊2　**吉行淳之介**　よく酒場で会った。ソフトな感じで好きだった。いやまだ生きている、と宮城まり子の弁。以下、作家連中の経歴は知らないので調べてもらった資料より。「第三の新人」。『原色の街』『驟雨』（芥川賞受賞）『娼婦の部屋』等、性を通して人間性の深淵を探る。近作の『夕暮まで』は映画化され、〝夕暮族〟という流行語を生んだ。また対談の名手として知られる。〔一九二四－九四〕

＊3　**近藤啓太郎**　吉行らと並び「第三の新人」として注目された。『海人舟』で芥川賞受賞。ほかに、ガンで喪った妻を描いた『微笑』、美術史家としての力を発揮した『大観伝』『近代日本画の巨匠たち』『菱田春草』などがある。〔一九二〇－二〇〇二〕

＊4　**川上宗薫**　大胆な官能描写で〝失神派〟と呼ばれたポルノの流行作家。〔一九二四－八五〕

＊5　生島治郎　ハードボイルド・ミステリーを日本に定着させた作家。『追いつめる』で直木賞受賞。韓国人女性との恋愛を描いた『片翼だけの天使』は映画化もされたが、この小説のモデルが現夫人。〔一九三三－二〇〇三〕

＊6　安岡章太郎　吉行らと「第三の新人」と呼ばれ、『陰気な愉しみ』『悪い仲間』で芥川賞受賞。このほか代表作は『幕が下りてから』『流離譚』『アメリカ感情旅行』など。文明批評としてのエッセイも数多く発表している。〔一九二〇－二〇一三〕

＊7　藤島泰輔《たいすけ》　学習院出。現天皇の皇太子時代を描いた『孤独の人』で作家デビュー。『日本の上流社会』『上流夫人』などのほか、大宅壮一門下の社会評論家としても活躍した。ポール・ボネの筆名でも知られる。〔一九三三－九七〕

＊8　山口瞳　寿屋（現サントリー）のPR誌『洋酒天国』の編集者兼コピーライターをしていたが、『江分利満氏の優雅な生活』で直木賞を受賞し作家生活に入る。『週刊新潮』連載のエッセー「男性自身」は三十年余の長期連載。『血族』『家族』等は私小説的作品。最近作に『行きつけの店』がある。〔一九二六－九五〕

＊9　星新一　『エキストラ』や『ボッコちゃん』が注目され作家に。ショート・ショートの第一人者として知られる。作品集に『気まぐれロボット』『だれかさんの悪夢』などがある。〔一九二六－九七〕

＊10　柴田錬三郎　文芸批評やカストリ雑誌に読み物を書きまくっていたが、『イエスの裔』で直木賞受賞。『週刊新潮』連載の「眠狂四郎無頼控」で人気沸騰、五味康祐とともに剣豪小説ブームを創った。〔一九一七－七八〕

こういう説明のほうが判りいいけどネ。

＊11　小さん（五代目柳家小さん）　元の家元の師匠。私ゃ破門されて家元。いい人なんだがなあ。会うと喧嘩、口論になる。それも全くガキの喧嘩。家元と喧嘩ぁするから長生きしている。〔一九一五－二〇〇二〕

＊12　林髞《たかし》　筆名・木々高太郎。夢判断に詳しくて、「ネエ先生、私《あたし》ゃ、よく高座で失敗《しく》じる夢を見るんですが……」に一言、「自信ですネ」〔一八九七－一九六九〕

＊13　舛添要一《ますぞえ》　よくTVに出てくる学者。何の学者だか……政治学かも知れナイ。この節、政治学者は政治家にならないといけないという風潮を感じる。〔一九四八－〕

＊14　山本七平　山本書店という本屋の店主、つまり主人だった人。数年前に亡くなったが、家元はこの先生をこよなく尊敬している。〔評論家　一九二一－一九九一〕

＊15　藤本義一　義一っつぁんである。大阪の顔のような顔をしている。〔小説家、放送作家　一九三三－二〇一二〕

＊16　加賀まりこ　私の友人の妹。昔彼女の相手役だった石坂浩二のデビューは何と私の代演であった。これホント。〔一九四三－〕

＊17　戸川昌子　おばさんのシャンソン歌手。作家だったこともある。〔一九三一－二〇一六〕

＊18　丸谷才一　この人も、ちょっと資料を拝借。私小説に反発して明るく軽快な小説を発表。『年の残り』で芥川賞。『文章読本』『裏声で歌へ君が代』等の代表作がある。最近作『女ざかり』は吉永小百合主演で映画化された。〔一九二五－二〇一二〕

＊19　團伊玖磨　作曲家。偉い人、粋な人、カッコいい人、〝パイプのけむり〟の似合う人。〔一九二四－二〇〇一〕

＊20　秋山庄太郎　大人、大人《たいじん》という。あの身体、あの風貌でクラブで飲んでいるだけで存在感があった。私が、どう書いてみても、それより遥かに及ばない人だと思う。だから大人《たいじん》。〔写真家　一九二〇－二〇〇三〕

＊21　徳間康快　アサヒ芸能出版社、徳間書店、理研映画、ミノルフォンレコードなど

を経営する事業家。倒産した大映映画も引き受けた。「敦煌」は日中合作映画として話題を呼んだが興行成績はいまひとつだった。〔一九二二－二〇〇〇〕

＊22 田宮二郎 大映の二枚目。梶さんの作品の映画化で主役をやったのが梶さんとの縁か。〔一九三五－七八〕

＊23 池島信平 文藝春秋のその頃の社長サン。〔一九〇九－七三〕

＊24 野間省一 この本〔単行本版〕の版元・講談社の当時の社長サン。〔一九一一－八四〕

＊25 横山ノック 神様である、関西の芸界の神、ボケ、抜けた神様、いや抜けてるから神になれる。その存在は現世を超えている。誰ぁれもノックさんには敵わない、家元とて当然である。〔一九三二－二〇〇七〕

＊26 陳平（野末陳平） 世の中ぁ上手に生きている見本だネ。漫才、姓名判断、参議

院議員。〔一九三二―〕

＊27　**ミルス・ブラザーズ**　戦前の日本人にジャズ・コーラスの魅力を吹き込んだ黒人コーラス・チーム。トロンボーン等の楽器の真似を入れたり、中野忠晴とコロンビア・リズムボーイズの、あの「山寺の和尚さん」はきっとミルス・ブラザーズの影響だろう。

＊28　**小島正雄**　ラジオの司会者。〔一九一三―六八〕

＊29　**圓生（六代目三遊亭圓生）**　落語の全てを演じ切った、志ん生、文楽とはまた違った知性派の昭和の名人。踊りに音曲に、全てを持った六代目圓生の意外とも見えたナンセンスを私は買った。〝何でゲス〟〝お前さんはドーモ、イケマセン〟とよくいわれたっけ。〔一九〇〇―七九〕

＊30　**稲葉修**　文部大臣、法務大臣。稲葉節、あの稲葉サン。〝よど号を逃してやった〟稲葉サン。角さん捕えた稲葉さん、釣りが、鮎釣りが好きだった稲葉サン。二世議員

を〝養殖の鮎〟だといった稲葉Jr.の大和クンのお父さんの稲葉サン。この先生の答弁は楽しみだった。そのテープの一部を持っている。〔一九〇九-九二〕

＊31　不破哲三　私ぁ、この節、共産党が一番信用できる。とりあえず筋の通ってるなぁ共産党だけだ。まあソビエト崩壊の時ぁ、いろ〳〵あったがネ。不破哲三、そこのプリンスもお互い様歳をとりました。兄は上田耕一郎、何、知らない……そうかネ。〔一九三〇-〕

＊32　荒船清十郎　国会の名物男。運輸大臣となった時、地元埼玉県深谷駅を真っ先に急行停車駅にして、大臣を棒に振ったのは有名な話。よく応援に行ったっけ。駅前で荒船サン〝アラフネ〟と大きく書いたタスキィ掛けて怒鳴ってる。〝三万票欲しい〟唯それだけ、それが可愛いのだ、子供がおねだりしてるが如きであった。選挙なんて、当選なんて、あんなものだと思った。〔一九〇七-八〇〕

＊33　イシコフ　たしかソビエトの漁業相か。アメリカ人ではない。いまどうしているか、死んだろうなぁ……。鮭か蟹ィくれなかったから罰が当たったんだ。〔一九〇五

－八八〕

＊34　小佐野賢治　悪い野郎の代名詞、だけど、あれだけの事業家だ、並の人間じゃあるまいに。日本中の嫉妬を買って、田中角栄とそれこそ刎頸《ふんけい》の友と散った。〔一九一七－八六〕

＊35　芦田伸介　俳優。〔一九一七－九九〕

＊36　大宅壮一　ジャーナリスト。戦争を応援し、負けると民主主義、この変わり身のヒドさ、「先生、いいんですかネ」に「当たり前だ、あんなことで殺されてたまるか」と大宅先生は私にいった。〔一九〇〇－七〇〕

＊37　デビ　インドネシアのスカルノの妾。元キャバレーの女とか。ま、人身御供を逆手にとったとしたら、天っ晴れ大和撫子《やまとなでしこ》である。〔一九四〇－〕

＊38　太地《たいち》喜和子　誰にでも愛された可愛い女。素晴らしき女優だった。〔一九四三－九

二〕

*39 つのだじろう　漫画家。〔一九三六―〕

*40 長部日出雄　昔週刊読売の記者だった頃、若き私を見出してクローズアップしてくれた恩人。酒呑み、東北の人、小説家、私は長部を信用している。〔一九三四―二〇一八〕

*41 勘九郎（中村勘九郎）　こんな爽やかな若者はいない。未来の歌舞伎を背負っていく。……いや、もう背負ってるか。宮沢りえに首ったけ、熱い〳〵、これ内緒。〔一九五五―二〇一二〕

第四章　御大の艶話

神楽坂辺りの芸者を総ナメ

田辺先生の過去、歴史は再三書かれ、また己も書き、喋った如く、父親が冤罪《えんざい》で捕まり、酒と女に溺れるようになり、母親は若くして逝ってしまった。学校時代、たいして目立つ存在でもなかったろう。それなりの人生はあったが、父と母のトラブル?を見ていられずに夜の街に走った。そこに居た女達に人生?を求めた。女を知ったら、これ以上のものはないと、のめり込んだ。

この辺が私に判らない。というのは、私にとっては女以上のものがあった、〝落語があった〟。その頃は〝落語もあった〟と書くべきか。いや、女が判らなかったのだろう。つまり、女に対する守備範囲というか、攻撃範囲が非常に狭いのだ。

田辺先生、〝何でもござれ〟だったと聞く。世間じゃそれを助平といい、好色といい、

それを色街でやると箒《ほうき》といわれた。好きだった寄席の音曲師・柳家小半治[*1]が唄った都々逸《どどいつ》に、

〽掃いても掃いても出てくるゴミがあるから箒がやめられぬ

とあったが、〝箒の田ァさん〟だったそうだ。牛込、神楽坂の芸者ぁ片っ端からヤッたといってた。芸者屋の婆さんまでやった、といってた。平等に扱った、といってた。成程男として常に女を頭に描いていれば、特定の場面に頼らなくとも、イメージを描かなくとも、常に女そのものを妄想していれば、敵は幾万ありとても、片っ端からこなすことはできるだろう。いや、喜んでこなすだろう。

ところが、我が立川談志はそれができない。イメージが狭かった。田辺さんは広かった。どっちが偉いか判らない。しかし、その頃だ。男というのは女を見りゃ、ヤラにゃいかん、立てなきゃいかん、それができなきゃ男じゃないと、随分無理に突撃し、そのつど敗れ、やっとどうやら、それが性格であり、私の癖であると気がついた時は、もう五十を過ぎていた。しかし、うす〳〵判っていたから、たいした破綻もせずに、失望も落胆も絶望もせずに生きていた。幸せだったのである。

「オゥーッ、それを不幸といわずしてこの世に不幸があるか」

さあ、先生のほうは一体どうなのか。少なくも、四谷、神楽坂辺りを片っ端から斬った

というのだから。そこの女中から婆ァまで万遍なくヤッて、愛を振りまいた、とカザノバ如きことをいっていたところを見ると……無理にゃそうはできまいに。つまり、生殖に対する学習が見事にでき上がっていた人だったのだろう。

英雄色を好む。

「ウェッ、違ってら、まったく違わぁ……」

あのネ、これネ、全篇、行き当たりバッタリの漫談である。

漫談・田辺茂一伝なのだもの……。

喋ったら、もっと面白いよ、高座で演《や》って受けたんだよ。でもネ、書いてみると、また高座の喋りとは違う部分も出てくるのが、書き手の楽しみであり……。

「よくいうよ。ガァーッ、読み手の苦しみだ」

「読み手の本屋だな」

「本屋、一杯飲むか」

「本屋まあ、そのように……」

ワカル？　これ、この会話、この駄洒落。

何で新宿、地元で飲まなかったのか、に先生、「地元だと、相手が気をつかうから」だとさ。本当かね、ナニ、それほどの者《もん》じゃあなかろうに……。

「冗談いうない、それほどの本屋だ」

「炭屋のなれの果てのくせに」

「炭屋都だ、ガハァー」

本当はこんなに上手くない。とりあえず私の創作、ナニ、それほどのこたぁない。

先生のは、

「御本《ごほん》といやぁ、龍角散」だとサ。

地元だと、〝相手が気をつかう〟とは、その相手は〝店〟かね。そこに来る客かな。先生に聞きゃ「両方だ」というだろう。ごく当然といわんばかりに……。

そんなに偉えのかなぁ……。

「まだ判らない、救いようがない」

だって、そうは見えねぇもん。

「見せてないだけだ、まだワカンナイ」

と、こうなるよ、きっと……。

先生こんなのも作った。

〽西口みたけど落ちてない

東口にも落ちてない
夜の新宿気の毒屋
田辺茂一の総入れ歯

これこそ、ナンダカワカンナイ。

「バカヤロー、替え唄だ」


「千人斬り」どころか「三千人斬り」


田辺先生とは真面目な話など、まぁず、したことがなかった。もっとも何を基準にマジメな話というのかもムツカシイ。

世間一般では、ふざけていないで、直接生活に関わる話を、実《じつ》のある話を、マジメな話というならば、マジメな話にロクな話はない。ツマラナイ、楽しくない、だいたい、〝マジメな話を真剣にしている〟なぁ苦手だし、マジメな話をすることがマジメな奴と思い込み、マジメな話はマジメにやるもんだといってる奴ぁ性が合わないからまず会わない。

こちとらの世界は、仲間は、たとえそれが〝マジメな話〟と世間一般にいわれるような話でも、まずはマジメには話さない。茶化し、客観視、洒落のめす、何なんだろう。これこそ嫌味かも知れない。照れかなあ。でも謙虚も過ぎれば傲慢になる、照れも謙虚も紙一重つまり同質だ。

つまり、「素直じゃねぇな」ってなもんだろうが、素直じゃないということは素直に認める。

「素直のお地蔵様だ」、だんだん田辺さんに似てきた。

しかし、マジメな話というものは、マジメな顔をしてするもんだと学習してきているからマジメな顔をして話しているのだろうが、それが落語家にゃあ不マジメに見える。

バカ〳〵しく見える、くだらなく見える、最後にゃ、嘘に見える、無理が見える。

「胡椒の悔《くや》み」という落語に出てくる奴ぁ、いつもゲラ〳〵笑ってる。奴はいう。

「どうも私ゃ、他人が悲しんだり、マジメになってるのをみると可笑《おか》しくなって我慢ができなくなるんで……」

正にその通り、さすが落語、人間の本質を衝いている。

それが、或る日、或る時、何で、そうなったのかは定かでないが、ふとマジメに、というか、普通の人間の会話のトーンになって、

「ねぇ先生、千人斬りって本当ですか（嘘なんでしょ）」

「本当だよ、三千人だよ」

「ヤレんのかなぁ」

「できるよ」

「モテたわけでもないんだ」

「そうさ、三千人斬った、ということは三千人に嫌われたということだよ」

「……？……よく判らない……」


嫌われたから、次から次へといったのか、やたら数の自慢でヤッたのか、知れるだけの女と寝てみたのか。何かを探していたのか、それは人間だったのか、俗にいう〝名器〟探し、だったのか。でも、その時は何で、どういう訳って聞き返さなかったってことがいま思うと、気に残る、つまり残念だ。でも何か、その場では納得したに違いない。

でも、〝三千人斬ったということは三千人に嫌われたということだよ〟……はワカラナイ、意外にたいした意味もなかったんじゃあないかなぁ……。

先生が女房と別れるまで

「僕はネ、結婚して二年間（三年間かな）星を見たことがなかったよ」と、これも「美称」のカウンターでボソリといったネ。

この話も、どこから、どうきて、こうなった、という覚えはない、相手《むこう》も、それを私に伝える必要なんざぁサラ〳〵ないだろうに……でも何故か、こういった。

「ヘェー、星は泳がせてるんだ」とは茶化さなかった、茶化せなかった。

「それは先生、空を見ない、つまり、下ばかり見てた、ということですネ」

「そうだよ」

「昔のことでしょ」

「結婚した時だよ」……とボソ〳〵と語ってくれた。語ってくれたんだか、喋りたかったのか、たま〳〵そうなったのか。ま、〝人生すべからく成り行き、と思え〟と思っている落語家《わたし》だから、成り行きにまかせて聞いていた。

遠い昔の話なのに、そういう感じがしなかった。人生の、自分の全部、というような話だった。過去ではない、もちろん現在でもないけれど、そのことを現在《いま》にまで引きずっているいることは間違いない。

つまり、誰かの口ききで女房を紀州の和歌山、その名の通り紀文の先祖の地から貰ったが、見合いの時にもう嫌いだったと確かいってた。

なら断ればよさそうなものなのに。

それが断れないんだ、そしてキチンとした解決をしないで自分から逃げてしまうのだ。私にもある。田辺先生ほどではないけれども……ある、ありますよ。

相手にいうのが嫌だ、面倒だ、ではない。本当に相手をキズつける、と思った時は、いわない。いえなくなるのだ。その時は黙るし、逃げる、それしか手はない。

だから私が相手をキズつけているときは、そのことにまだ自分は困ってないのだ。でも逃げられなかった時……どうするか。田辺先生同様、唯黙っているしか、手があるまい？　私もきっとそうするはずだ。いや、違う、キッパリというだろう。ケリをつけるという行為をする。

先生それをしなかった理由、ハッキリ断れなかった理由はなんだったのか。それをいうと相手は下手ぁすりゃあ死ぬし、狂うし、よくいって居直るしかあるまいと決めたのか、またワカンナクナッタ……。それとも毎度そう見えるが如し。人生成り行き、その内に何とかなる、とでも思っていたのか。嫌で嫌で仕様がないのに、ズル〳〵一緒に住んでたのか、はたまた離れればなれに居たかは定かでないが、三人の子供をその女房に産ませたことは確かで、その三人の子供達と私はそれぞれつき合いがある。

このことは田辺さんのことだから、その自伝の如き小説のどこかに書いているとも思うし、さすがに書いてないかも知れない。

ま、どちらでもいい。

「嫌なのに、嫌いなのに、何で子供をこしらえたんです？　性欲に負けたンですか？」

「……ウン、まあ、それもあるけど、どこか夫婦は離別《わか》れてはイケナイものだ、という教訓《おしえ》がその頃あったしネ……」

「……はぁ……、ねえ、で……」

「ウン……、最後は一体どうするつもりなんだ、と膝詰談判だよ」

「誰が……奥さんが？」

「いや、父親だ、女房のネ」

「……はは……」

「まあ、その土地の顔役みたいな人で、そのほうの気《け》もあるし、刀ぁ持っての談判なんだよ。で、もし、僕が嫌だ、別れる、と一言いったら、斬られる、だろうと思ったヨ、斬られたろうネ」

「凄いや……で……、先生は？」

「黙ってたよ、下ぁ向いてたよ」

「それで二年間、星を見たことがなかった、ということ？　……」

「そうだよ」

普通にいやぁ男らしくない、と簡単にいえるし、そういわれるのが嫌だから、結論を出す。しかし先生それを出さなかったのだ。そういうことができない人だったのだろうし、それだけに結論なんて必要がない、という人生観を強く出すようになったのだろうか。確かに〝人生に結論なんて必要はない〟。所詮結論なんていい加減なもんで、成り行きにOKサインをしただけなのだろう。落語の「居残り左平次」の如く〝人生成り行き〟と憧れ、行動していた私の了見に、田辺先生の言動がフィットしたのか。以上、田辺先生のことは全篇、仮説である。

だって、そうでしょうが。私の人生の師匠だ。そんなに単純に理解《わか》る相手のはずはなし……。

で、結局は〝成り行き〟?通り、別れた。相手は、〝あんな女の腐ったような奴を相手にしても仕方がない〟とでもなったのか。

先生が亡くなってから、娘さんに、先生が着ていた、という、普段の先生のオーバーの如く〝フワッ〟と軽くザックリとした、余裕があって田辺さんらしい灰色のカーディガンを送っていただいた。

それは田辺先生の温もりを感じる品で、時折羽織ってみて田辺先生の匂いをかいでいる。

別れた奥さんは、その後、藤間林太郎[*2]という、その頃売れてた役者と一緒になる。その役者の連れっ子が藤田まことだから、「あれは、私の子供という、ことでもあるんだ」といってたし、「美称」で二人が一緒になったこともあった。田辺茂一と藤田まこと、というだけだった。

これだけの話だ。

フラれた経験が人生の勲章

先生、その昔、水谷八重子[*4]に惚れ、プロポーズをしたという。この話は有名である。

天下の人気者・水谷八重子に惚れたなぁ理解《わか》る。で、直線的プロポーズもいい。

「何が直線的だ。バカヤロー……その表現が直線的だ、そして間違ってらぁ、とり違いにも限度がある」のアレだろう。

フラれるなんざぁ考えないのか、その時のプライドはどうなるのか……。

でも、人生成り行き、そのフラれたプロポーズが田辺先生の人生の勲章になっているのだ……。

私にはそう見える、恥ではない、正しく勲章である。〝垢は人間の幅〟か。

私には、それができない。ナニ対女性ばかりではない。つき合い、仕事、その内容、す

べて己のプライド、己の人生、先生に、

「自分の人生だけでものをいうな……」

といわれた如く、自分の狭い歴史だけを頼りにしているから、増々狭くなり、それにしがみついての今日だ。

「ガァッ、自己反省か、遅すぎらぁ……」

「反省じゃあない、発見だ」

「どの道遅いや」


「ねぇ先生、先生は有名な女性《ひと》では誰とヤッたんです?」

花柳ひろみ[*5]、とはいわなかった。私が知らない、と思ったのか、それともそれらは自伝に書いているからいわなかったのか……。

「……真杉静枝[*6]……ネ、あれ……と……」

名前は勿論知っている。身の上相談の元祖である。

そのことは石川達三の小説に詳しく書かれている。あれ、題名は何だっけな……ま、いいや……ああ、思い出した、『花の浮草』だっけ。

ついでに一言、石川達三いうに「いっちゃあ悪いが、世の中に武者小路実篤[*7]ほどニセ物は居ない……」

この本、武者小路と真杉の関係も出てくる。この文句、私ゃ武者先生はよく知らないが、いいフレーズだ。石川達三だけに説得力がある。

その本の中に、或る日、ふらっと真杉静枝が田辺先生の所にきて、そのまま寝た、ことが出ている。

「あれ、一体どうなってるんですかネ」に、田辺社長――小説では多田茂雄だが――、

「風流だったんでしょう」

この文句はいい、これも出てくる。ちゃんと書いてある。

先生、御存知の如く、以後ずっと死ぬまで独身、独り者、チョンガー。このチョンガーという言葉、韓国の言葉で〝総角〟と書いてツォンガ、というそうな……。

「俺がいないとすぐ識《し》ったか振《ぶ》りをするね」

「喧《うる》さいよ」

「これは勧告だ」

書いてて常に田辺さんがいる。駄洒落の田辺が……。

「駄洒落の中の本質を見抜けないな……」

「喧《うる》せえなぁ」

「気になるんだナ」

「そうじゃあねぇ。駄洒落という音だけが喧《うる》せえんだぃ」

つまり独り者は角《カド》が多いのだという。してみりゃ、田辺さんには当てはまらない。少なくとも私との間柄にはその〝角《カド》〟が見当たらなかった。

「当たり前だ、人間の出来が違う」

先生は政治についても何にもいわない、政治家についても同様、経済人であったのに、それもいわない。

〝夜の世界には持ち込まないよ〟という気負いも見えなかった。

「気負いなんぞ、誰が見せるか、そんな人間に見えるのか」

「スイマセン」といまならいうが、その頃だ。

「気負いを見せないことを自慢にしていらぁ」

「紀尾井町だナ」

「これを気負い交際という」

「気負いドーンだ」

もう、こうなりゃ、これまで、いつもの夜のやりとりとなる。

トドメを刺す毒舌ぶり

田宮二郎との雑誌の対談を読んだ。

先生がホスト、田宮二郎がゲスト。

「君はどういう女性が好き?」

「そうですねぇ、私は軽薄で救いようのないような女性にむしろ、愛《いとお》しさを感じますネ」

いゃがったネ、田宮の奴ぁ……。

そこで先生だ。

「職業的発言だろうけど、キザだな」

いろ〱喋り合っての末に田宮二郎、田辺さんに聞いたよ。

「先生、最後に一つだけ教えていただきたいんです」、に先生、これまた物凄い答弁だ。

「ガァーッ、ずうーっと教えてるのに何も気がついてない……」

先生に会っていったよ。

「よく、ああいう凄いことをいいますネ、トドメを刺すネ」

「ガァーッ、トドメ色だ」

次はロイ・ジェームス[*8]。

田宮も、ロイも先生より先に死んだ。田宮は壮烈なる猟銃自殺で二枚目らしい最後で、ロイはごく普通、病気で死んだっけ。

その頃の私の高座の枕に、

「田宮二郎が猟銃で自殺だ、やりやがったネ。こっちも負けずにやろう、田宮が猟銃なら、こっちは大砲だ……、けどなぁ、この客の少なさ、寄席の給金《ワリ》じゃあ、大砲どころか、砲弾《たま》も買えねえ……。

仕様がねえからキン玉でも握り潰して死ぬか……。電車の中の雑誌の中吊りの文句にもならねえな」

〝田宮二郎、猟銃を抱いて壮絶なる死〟は見出しになるが、

〝立川談志、睾丸《キンタマ》ぁ握って悶絶〟はイケナイ……。

でも、こちとらには、睾丸《キンタマ》ぁ握って悶絶のほうが合う。

落語「夢金《ゆめきん》」のオチも、これである。

「百両ォ、二百両ォ……と熊蔵の奴ぁ、貰った金を握りしめたら、痛いので目が覚めた。

貰ったと思ったのは夢で、握った金は何と自分の睾丸《キンタマ》だった。

〝強欲は、無欲に通ず〟、おなじみの『夢金』でございます」

枕が本題の落ちにまでいっちゃったが、えーと、何の話だっけ、誰だっけ、そうそうロイだ、ロイ・ジェームスの話である。

ラジオのゲスト、に田辺さんと私の二人が一緒に呼ばれ、出たよ。

先生、頼まれりゃあ、何処《どこ》にでも出演《でる》。文学座の中村伸郎[*9]の芝居やら、大島渚[*10]の映画など……。

大根もいいところなんだが、使い方で、存在感がある……、とはいうけど、これお世辞だろう。そうともいわなきゃ、使ったほうの立場がなくなる。

よく田辺先生と一緒に出たっけ。梶さんも加わり三人でも出た。ということは、巷間談志と田辺先生との仲、田辺先生と梶さんの間柄、それに私も加わっている、ということが知られていたのだ。

私と毒蝮三太夫みたいなものか。……いえ、先生、御勘弁〜、冗談〳〵マムシと一緒になんぞ出して悪かった。違うというのはよく知っております。

ロイ・ジェームスと喋った番組のしめくくりにロイは、例のこれが売り物の流暢《りゅうちょう》な口調でいった。

「今日のジョッキー、司会はロイ・ジェームス、ゲスト、田辺茂一、立川談志……」

そこで先生一言入る。

「調子《メロディ》で人の名前を紹介するな」

ロイに教えてやったんだろうが……。ワカッタかなぁ……、ワカラねえだろうなぁ（この文句、前に書いたかも……）。

これは千とせ[*11]のフレーズで、でもなぁ、松鶴家千とせ、といっても、ワカンネェだろうなぁ……。

次は中村メイコ女史[*12]。

場所はクラブ、だから時間は当然夜、別に断ることはないか……。

「あたし、今度、いい女房№1に選ばれちゃったの。で、表彰式があって、それに出て、挨拶を頼まれたので、いってやったのよ。どうしてあたしなんかが、いい女房№1に選ばれたか理解《わか》らないんです。だって、あたしって別にいい女房でも何でもありません。普通にやっているだけです……。そしたらネェ先生」

「ウン」

「座が白けちゃったのよ。ああいう場所《ところ》は、それらしく謙遜して、あたしのような者が選ばれて本当にいいのでしょうか、光栄ですけど、申し訳ないようです……って、いわなければイケナイのネ。日本って変な国ネ」

さあ先生の出番、一言だ。

「ガァーッ、日本のせいにしてらぁ」

ムリな女とわかっていても追いかける執念

今度は芸人側からの田辺亭に対する発言を書いておく。発言者はマヒナスターズの永遠の二枚目、艶事師《つやごとし》、色事師ではない艶事師《つやごとし》、松平の兄《あに》さんこと松平直樹。

この兄さん、歌謡曲《うた》のことは詳しいぞ。歌の歴史、歌手、作詞家、作曲家。歌い手でこんなに歌のことを識《し》っている人もまずいない。家元も敵わない。

松平兄《あに》ィと談志《わたし》が揃うと、どの歌は、誰が作り、誰が唄ったかはほとんど判る。

なにせ、如何《いか》に歌謡曲《うた》が好きか、という証拠に、息子の名前に「晃《あきら》」とつけたくらいだ。

松平は彼の本名だから、息子の名前は正式に松平晃となった。

松平晃、往年のコロムビアの歌手、その前はキングか。

「急げ幌馬車」「夕日は落ちて」はキングからか。

私の好きな「上海航路」は三番までちゃんと覚えている。ナニ、「上海航路」ばかりか、「夕日は落ちて」も「急げ幌馬車」も、他なんでも、誰のでも……チト吹き過ぎか……。

松平さん、「美弥」で飲んでる。そこに顔なじみの女性がいる、いつも女性がいる、つまりモテてる。

でもなあ、また分解癖が始まるが、〝モテる〟てなぁ、どういうのをいうのかネ。あまたの女性に憧れられるのをいうのか、自分の狙った女性に惚れられる、惚れさせるのを〝モテる〟と称するのか。

ま、両方だ、といっちまえば、それ迄だけれど……。

たいして興味の湧かない相手が多く惚れ、寄ってきたってツマラナイと思うが、それがもう〝モテない〟証拠なのか。

松平の兄ィ、その女性を独り「美祢」のカウンターに残して、何処《どこ》かへ行っちまった。

つまり〝掛け持ち〟だ。

兄さんの女性《ツレ》だから、私は兄さんの帰ってくるまで、その女性《ひと》のお相手、つまり、あっちは掛け持ち、こっちはその〝つなぎ〟、売れっ子と売れない芸人そのものだ。で、閉店時間になっても松平の兄ィは帰ってこない。

「今晩は何処《どこ》にお泊り？」と待ち惚けの彼女に聞いた。

「赤坂東急です」

「僕、送りますよ」（家元、僕ときた）

それは兄さんに対する当然の礼儀だもの……。

田辺さんも、そこにいた。

「僕も一緒に送ってくれよ、今晩は赤坂東急に泊りなんだ……」

俺ネ（もう俺となったよ）、田辺亭の魂胆が読めなかった。こんなことも判断《わか》らなかった。判らなかったから、先生ならさもありなん、東急泊りもあるだろう、と気にも止めず、一緒に赤坂を回り、東急ホテル前に二人を降ろして、別れた。

で、翌日だ。翌晩、翌夜、同じ場所（この店は芸人の溜まり場と前に書いた）。

松平の兄ィのセリフ、いや文句、苦情。

「いやぁ、参《まい》ったよ、あの爺様《じさま》にゃあ」

「どしたの？」

「いえネ、彼女が東急泊りは知っているから、俺、遅くなったけど行ったらサ、彼女の部屋の前の廊下をあの爺様《じさま》、カバン持ってウロ〳〵行ったり来たり、してるんだ。こっちはそこへ行けないよ、部屋にも入れやしねぇモン」

「で、どうしたの」

「まあ、最後は諦めたんだろう。居なくなってたからネ」

その後聞いたら、ホテルの廊下でバッタリ田辺さんと〝鉢合わせ〟だったという。

凄えと思ったネ。あの歳で、女性に対してこの執念だ。恥や外聞もなく追いかける、どう考えたって無理だろうに……。

このエピソード、田辺さんの日頃の行動とちゃんと繋がる、納得できる。

ムリじゃねえのかなあ……ナントカなるかも知れナイと思ったのか、何とかなると自信があったのか、彼女が「美弥」にいたプロセスも承知だろうに、それとも〝ダメモト〟かネ。でも、もし、仮に、モシモ、ひょっとして、何かの間違いで彼女が「どうぞ」と部屋に招き入れたら、どうしたのかネ……。

「ヤルだけだい」

なのかしら……。

言葉の「無駄」を聞き分けてくれる人

そういやぁ、佐良直美[*13]に本気で惚れた。とこれも巷に伝わる話で、彼女の等身大のパネル、それもバックなしの彼女だけのパネル。つまり……判るよネ……説明しなくてもネ……。

それを持ち込んで「美弥」で飲んでたことがあった。

森ミドリ[*14]にも惚れた。

どっちが先でどっちが後だったか、同時進行もあり得たのか。

この御両人、二人共、いわゆる美人ではない、ま、森ミドリ嬢は見ようによっては美人に入るか。でも佐良クンはチト違う。あのネ、相手の女性の内容に惚れたのだろうけれど、その内容を秘めているのはその個体でしょうが。

「だから何だい」

「いえ、先生、僕も佐良直美なら好きですよ。頭ぁいいだろうし、佐良クンはいいな」

「なら変なことをいうない、話が繋がらないじゃないか」

「そう、繋がらないけど、こっちのいうこともさあ……」

物事を相手に伝えようとした時に、なか〳〵そうは完全に伝えられない。無駄も入る。余計なこともいう。

それを聞き分けてくれる相手は頭がいいから楽だ。

仮に百パーセントの内容を伝えようとしても、なになに七十パーセントが精々となることが多い。いや、下手ぁすると五十パーセントだ。

さア、その時に、残りのというか、その他の三十パーセントの違い、余分、無駄をちゃんと分けて聞いてくれる人、つまり聞き分けのいい人てなぁ楽でいい。バカは逆に無駄と余分を受け取っちまう。

田辺先生とくると百の意見を、ほんの十パーセントだから、これを聞き分けるのはさあ大変。そのくせ違うとすぐ返ってくる。

「ガァーッ、ワカッテないネ」

そのうちに、こっちも不完全な会話を平気でぶつけるようになった。むしろ全部喋るとバカにされた。

これも田辺流教え方の一つかも知れぬ。

「山東昭子女史と結婚」発言の真相

先生が珍しく相談があるから来てくれ、というので昼間銀座は「ラモール」に行った。

「何の相談です？　先生」に、なかなか本題に入らナイ。

「君、選挙に出るの？」なんていってる。

「出ますよ、何で……。イケナイっていうの……」

「いや、ま、いいや」と何か煮え切らナイ。そのうちにボソッといったよ。

「実はネ、僕結婚しようと思ってるんだよ」

「へェー、そうですか、一度こりたから、あとは一生独身だと思ってましたが結婚ねぇ、それを何で私ごときに相談をするんですか?」

「いえね、相手は君も知ってる人なんでネ」

「佐良直美、森ミドリ、あれには両方フラれたんでしょう」

「いや、まあ、違う人だ」

「誰です」

「山東[*15]クンなんだ……」

「えっ、山東昭子……」

「そう、どうだろうねぇ」

本当はその時、こういいたかった。

「先生よしな、映画女優は、いろ〳〵あるんだろうし……彼女だってモテまくってたろうし……」

と思ったけれど。何せ相手は生涯の伴侶にしよう、と決めた女性だ。

「そうですか、先生のお決めになったことを私ごときが口を出すものではないでしょうに」

「いや、君の意見も聞きたかったので」

「意見ったって……先生が〝いい〟と決めたのに……」

「山東クンは、よく知ってるだろう」

「知ってますよ」

山東クン、その頃は女優業だ。クイズの女王なんて後年いわれたのだから、頭脳《あたま》はいいのだろうが、その頃そこ《ここ》までは知らない。

「実は彼女をラモールに呼んであるんだよ」

「オヤ〳〵」であった。

で、彼女来た。先生の横にベッタリ座って先生のネクタイなんぞ直してる。

「オメデトウ、ま、うまくやってくださいよ。こちらもこれからもよろしく」なんぞありの真面目な、やりつけない話をしてたら、何と、

「ドッキリカメラでした」

腹ぁ立った、テーブル引っくり返してやろうと思ったがやめた。思いとどまった。よくないよ、仲間ぁ引っかけるのはお笑いでも許せない。

気まずい空気のまんま終わった。俺、この番組洒落がキツくて嫌だった。一度なんか、草野球の審判を買って出てボール、ストライク、アウト、セーフをメチャメチャにして、そこでモメた時に「ハーイ、ドッキリカメラです」という企画《の》をやって欲しいという。

冗談いうねぇ、草野球のほうがプロ野球なんぞより、よっぽど真剣にやってるものを……。そこで、そんなことを私ができるワケがない、と断る以上に文句をつけた。よくないよ、そういう企画は、洒落にならないなぁ嫌だ、でも、その番組のプロデューサーとつき合いもあったので、一度だけつき合った。春風亭栄橋[*16]が一席演《や》っている浅草演芸ホールの一番前の席で老人に変装した私が、アタッシュケースから一万円札の束を取り出して勘定《かぞ》え始めた。

あの目の悪い栄橋も、これを高座から見たから目が移る、その札束が気になって、落語はそぞろ、気もそぞろ。しまいに高座にその札束ぁ乗せたから、落語の一席どころの話じゃなくなり、メロ〳〵だ。〝いくらかやろうか〟といったら、札をとり上げ、勘定に参加し始めた。そこで「ドッキリカメラです」。ま、栄橋は仲間だし、浅草演芸ホールの昼席だ。勝負を賭けた演題を演《や》っている訳でもないので、この程度ならば、許せるだろとやり、笑いのうちに終了したが……。

田辺さんの結婚のドッキリカメラは不快であった。

こっちは真剣に考えたんだもの……。

不快で別れたけれど、〝人間てなぁ騙されるてなぁ、後で判るもんだ〟と気がついた。「ラモール」の酒ビンの並んでいるいつもの場所に白いカーテンがしてあった。つまりそこからカメラで撮っていたのだし、田辺先生の胸のハンケチの色も考えてみりゃあ変わってた。柄の蝶ネクタイに真白いハンケチ、つまり、これにマイクが隠してあったということだったし（別に白でなくてもいいものを……）。話の途中で、私が何かいったら珍しく不快を示し私に文句をいったが、どうも合点がいかなかった。ま聞き流したけれど、あれ、あの時、ドッキリカメラがバレたと思って慌てたのだ、とこれも後で判った。

世の中騙される時ゃ、こんなもの、この程度で騙される。それにしても田辺茂一の奴め、不愉快な出来事だ。〝田辺先生から話があるという電話があった〟という言付けを、毎夜酔って帰ったから聞き流していたが、再三我が家の女房に電話をかけてたんだ。そこから騙しにかけていたというこれ本当のオソマツな一件。でも山東昭子のアッケラカン――鉄面皮は大好きだ。あそこまでアッケラカンはいい。これは後の議員としての山東先生の言動につながってくる。

ドッキリカメラだから二人は結婚しなかったが、ここで本当に結婚しちまえば、ドッキリカメラが逆に驚いたろうに。

この企画、立川談志にはハマらなかった、ずっと不愉快だった。


「家出娘に説教」のはずが……


地元新宿では先生飲まない。飲まないからこっちも連れていってはもらえない。

一度かな、二度か、駅前の「柿伝」という懐石料理と、二丁目のほうの厚生年金ホールの手前の「玄海《げんかい》」というふぐ屋、いや水たきか……どっちかだ……両方かな、ま、いいや。

水たきは美味《うま》かったが、懐石は駄目だ。こちとら貧乏人にゃあワカラナイ、ワカラナイんじゃあない合わないんだ。小島政二郎[*17]先生にも連れてかれたが駄目だった。曰く「辻《つじ》留《とめ》」。

アメリカ人に懐石料理を食べさせたら、

「ベリ・グッド、だ。で、メインは何が出るんだい」

その通り、正にその通り、〝メインは何が出る〟なのである。

ついでに先生、鮒鮨が好物、ということをこの店で知ったが、これもこっちにゃ、合わない、ワカラナイ。

水たき、といやぁ、こんな話を想い出した。場所は新宿ではない、上野というか、湯島になるか、古い木造の二階家で、よく新派の花柳章太郎[*18]が来たの、文士の誰が来たの、という店だという。

もっといやぁ、そういうことが自慢の店なのである。

夏のことだ。古いのが自慢なくらいだからクーラーなんぞない。おまけに炭火が自慢ときてるから、それで炊く、夏場に炭火だ、バカじゃねえかと思ったネ。

汗をかき〳〵、どうやら喰ったたネ、終わったよ。

外へ出ていったネ。

「ネェ先生、どうでもいいけど、何だい、この店は、暑いし、古いし、汚えし……」

「ああ、いうねえ、美味《おい》しいとも、御馳走様ともいわないで、悪い部分《とこ》だけいいやがって」

本当にそうだ、人間てなぁ、いいの、美味《うま》いの、の前にとりあえず文句をたれる、悪い処《とこ》をいいたがる。それを見事にいわれましたよ。でもまず先に文句あり、まず反対ありは、ナニ俺様ばかりではあるまいに……。

でもなぁ、いわない人も居るんだよなあ。我《う》が家《ち》の女房と倅はいわない、品がいいんだ。娘はいうわ、いう、いうよ、絶対にいう。ま、いいや。よかないか、この娘と息子。それぞれ田辺先生にお世話になっている。

　伜めのほうは御馳走になった程度だが、娘は違う、一味違う。

　ついでに我が家《うち》の伜めは子供の時、田辺先生によく似ていた。同じような耳をしていて、大きな顔に太い手で、ライオンの仔みたいに妙に可愛いのだ。

「あそこ（紀伊國屋）の子だったら、ビルがいくらか貰えるかな……」なんていってた。

　娘のほうは美人だが、これがお定まりの不良となった。大妻女子高校の一年生ぐらいから不良となる。そして家出。

　不良、字で書くと、良く不《よ》い《な》のだ、だが別にたいした悪事は働かない。

　銀行ギャングの、誘拐して殺そうの、というわけでもない。

　唯、学校に行かない、家に帰ってこない。したがって何処《どこ》かに泊ってるのだし、そこには独りではない、相手がいる、とまあ、こんなところか……。

　世の中に、この不良くらい野暮な、チンケな存在はない。と常に思っていたし、そんな会話もしてたろうから、まさか、娘がそんなセコイものになるとは思いもつかなかった、ときたもんだ。

　じゃあ、何故、そうなったのか。原因は、心理は？　とくるのだが……、その理由も私なりに理解《わか》るし、一口でいっちまえば己の個性というか人格を創るための人間としての本能のようなものだろうけど、常識的にはあまり勧めない。

具体的にいえるけど、長くなる。これ以上余談が長くなるとものはまとまらなくなっちまう。「ガァーッ、何も、もうまとまっちゃあいない」

その通り、でもサ、これ以上……、ね、判ってくれよ……。

でさぁ、漏れ聞くところによると、この高校生、いえ、高校中退生は、何と六本木辺りのクラブに居るとサ、働いてるとサ。働いているったって未成年の水商売は法的にも許されないはずだし、当然使うほうは重く罰せられる。

結局は田辺先生に、そこへ行ってもらうのだが、その前にいろいろ悩んで、その揚句、〝誰かに相談〟と考えて、不良の大先輩、加賀まりこ女史に電話をしたっけ。

そしたら加賀まりこ曰く「不良のほうが親孝行するよ」。

次に山口洋子、これとて昔は不良だったはず……。

「談ちゃん、バチが当たったんだ」

非道《ひど》い奴だネ、この女ぁ……、このヤロメ。

で、田辺先生だ。

「ガァ、自分が反省しろ」だとさ。

で、まあ、いまいった通り、田辺御大に出かけてもらったよ。

どう考えてもあまり未成年者の接客業はよろしくない。店もヤバイはずなのに……。

先生がその店、……何処《どこ》だか知らない、なら田辺先生はどうやってその店を知ったのか、判ったのか……ま、いいや。

〝そしたらぁ〟、〝行ったらぁ〟、うちの娘の奴ァ、「アーラ、田辺さん」だとさ。

これ、高校生だよ。キレイな顔して、スタイルもいい娘だよ。後にタレントにスカウトされるくらいなんだから……。

「田辺さんというヤツがあるか。田辺先生といぇ」

と田辺先生の弁。

で、先生自慢の白いマフラーを貰ったという。

唯それだけ。

「元気だよ」だとさ……。

「……?……」だよねぇ、こっちは。

三人三様の答えが、それぞれ合っている。中でも加賀まりこの弁が一番具体的に当たっていた。現在そう見えるし、そうしてくれている。

娘はその後も毎夜六本木にいるらしい。パァ〳〵いうらしいので相手が聞くという。

「あんたの家はナーニ、ヤクザ……」か、「親は何してるの」。

「立川談志」

「成程……」

だとサ。この親にしてこの娘か……。

＊1 柳家小半治　音曲師。本文と同じだが……。〔一八九九－一九五九〕

＊2 藤間林太郎　昔、新派から映画スターになった人。〔一八九九－一九六九〕

＊3 藤田まこと　つまり藤田まこと、馬面の……いえ失礼……借金大丈夫かネ。〔一九三三－二〇一〇〕

＊4 水谷八重子　新生新派の女王。彼女が死んで新派は終わり。新派も観といてよかった。花柳（章太郎）、伊井（友三郎）、伊志井（寛）、大矢（市次郎）、先代英《はなぶさ》（太郎）等々……。いまも八重子の「婦系図《おんなけいず》」のお蔦を想う。〔一九〇五－七九〕

＊5　花柳ひろみ　田辺先生はこの女優を後に、彼女と結婚しなかったことは悔いを千歳に残した、と書いている。歳上もあるものか……とも書いている。若き頃、田辺先生に女体、女、それも近代の女、生きている女をぶっつけてくれたのだろう。どんな女優か私は知らナイ、きっと女豹のような、キラ〳〵した眼をし、柔軟な肢体を持った女だったのだ。

＊6　真杉《ますぎ》静枝　身の上相談の元祖。武者小路実篤の情人で、覚醒剤の中毒、と石川達三の本の中にある。俺がいったんじゃあない、石川達三がいったんだ。でも、それを書いているのは俺だがネ。〔一九〇一－五五〕

＊7　武者小路実篤　〝仲よきことは美しき哉〟だとさ。〔一八八五－一九七六〕

＊8　ロイ・ジェームス　トルコ人、後に日本に帰化。DJなどで売れた。ま、いつの時代にも外人タレントてなぁいるもんだが、いまのデーブ・スペクターは抜群だネ。〔一九二九－八二〕

＊9　中村伸郎《のぶお》　文学座に居た。気の弱いインテリ役で映画にも多く出演《で》いた。思えばその頃の文学座は多士済々であった。〔一九〇八－九一〕

＊10　大島渚　昔映画カントクだったという。嘘ではない。いま、朝まで喋ってる。〔一九三二－二〇一三〕

＊11　千とせ（松鶴家《しょかくや》千とせ）〝千とせ〟ったってワカンねえだろうなあ、へへへェーイ……スビラバババァ……。〔一九三八－〕

＊12　中村メイコ　貞女なり、才女なり、天っ晴れ、アッパレ甘茶でかっぽれ……阿母《おっかあ》、水ゥ一杯くンねえ。〔一九三四－〕

＊13　佐良《さがら》直美　田辺さーん、何ていやぁいいんだ。〔歌手　一九四五－〕

＊14　森ミドリ　〝森どりみどり〟てなァどうだい、茂一っつぁんよ、「ガァー」。〔作曲家、演奏家　一九四七－〕

＊15 山東《さんとう》（昭子）　元子役、映画女優、参議院議員、科学技術庁長官。タレント議員で大臣になったなぁ山東クンだけじゃねえのか……。〔一九四二－〕

＊16 春風亭栄橋　いい奴で、面白い落語家になると思ったが、パーキンソン病になっちまった。ギリ〱までそれを高座で喋るべし、と勧め、それを演ってきた。いまも生きてはいる。何とか栄橋がカムバックできるような新薬はできないものか。神様よ、オー・ゴッド、ジョージ・バーンズよ……。〔一九三九－二〇一〇〕

＊17 小島政二郎　今年百歳で亡くなった。岡本文弥師は百歳でお元気だ。きんさん、ぎんさんは……ま、いい。若き頃お世話になった。いや可愛がられた、ヒイキになった。先生の作品より上原敏の唄う「仏印だより」を覚えている。〔作家　一八九四－一九九四〕

〽此処《ここ》はサイゴン小巴里《しょうパリー》
安南娘誰もかも

手に手にかざす日章旗
可憐な瞳みるたびに
血の近さをば感じます

四コーラス全部唄ってやろうか……ま、いいか。

＊18　花柳《はなやぎ》章太郎　新派に咲いた大輪の花、花柳の新派ともなった役者。〔一八九四－一九六五〕

長めのエピローグ　最期の捨て台詞

病院でも変わらなかった先生

田辺先生が入院した、と聞きお見舞いにいった先は板橋の病院。勝ってくるぞと板橋区……という古い駄洒落を思い出した。なんていう名の病院か覚えていないが、医院ではなかった、病院だった。

居たネ、田辺先生は……。ま、居て当たり前だろうが、私の仲間には病院を抜け出して遊びに逃げる奴が多くいるもの……。

私には昼間の顔をしても始まらないし、その必要もないだろうから、いつもの顔だ。夜の顔、それも酒の入っていない夜の顔だから妙な顔である。

「ねぇ先生、銀座のサ、大銀座祭り、たしか先生は実行委員長だよな」

「ウン」

「あれ、どうだろう、銀座通りを全部ブッコ抜いて全部GOGOにして踊りまくらせたら……」

「ウン」

これまた妙な病気見舞いの挨拶だが、いつも、いつでも、そこの状況から話題を始める
という不文律みたいなところがある。

ナンジャラ、カンジャラありの、やはり病気《やまい》のことになる。

「どこが悪いの、もう寿命かネ」

「耳が悪いんだよ」

「口じゃあねぇのか」

「耳の奥がネ」

「聞こえないほうがいいよ。ほとんど先生のワル口だから」

「俺には褒め言葉に聞こえるんだけどネ」

「もう治らねぇンだろ」

「世話になった割合《わり》にはいうねえ。そっちの都合通りにゃイカナイよ」

「祈ろうかな、五寸釘打って」

この時は元気だった。またいずれ〝銀座詣で〟があったろう。で、また入院。〝コリャ、イケネェよ〟と誰しも思う。私も誰しもの中の一人だから、そう思った。けど別に心配もしない、心配しないから慌てない。そのまンまこちとら銀座で酒の日々だった。「美弥」のママが、「師匠、田辺先生築地に入院ですって。だいぶお身体が悪いそうよ……」

「へェー」

「生きてるうちに形見をくださいよ」

〝ロープ〟という通り名の私のマネージャー？が——マネージャーだか、分身だか、取り巻きだか判ンない奴で、いつもこいつと一緒に動いてる。それこそ朝から晩まで……いえ朝から朝まで……。

本名が長縄満雄、つまり長縄だからロープ。学生時代からの渾名と聞いた。ロープは死んだが伜の小ロープもまた〝ロープ〟と呼ばれているという。

築地のがん研だか、ガンショップだかへ、こやつと二人でまたお見舞い。それも軽い気持ちで……状況をキチンと判断すりゃあ、とても〝軽い気持ち〟なんぞで行くべき場合ではないのに、これが軽い。

物事を真剣に考えない性格なんだ。「ガァーッ、バカなんだよ」

最高の病室なんだろう、日当たりのいい角部屋だ。

先生、ベッドじゃなく、椅子の背を倒して、プールサイドの……あれみたいな格好で、毛布を掛けて横になってた。天井向いてたな……。

死の顔になっていた。

ここで初めて驚いた。

痩せて、小さくなり、皮膚はカサカサ、ガンの顔の田辺茂一。

だからといって、そこで「先生、しっかりしてくださいよ、医学を信じ、ついでに明日を信じよう」なんざぁいえるもんか。

看護婦が一人いた。

「どうだい先生、もう駄目か、御臨終間近かネ、ねぇ看護婦さん、ウイスキーのストレートを血管に放り込んでやったらいいよ、元気になるよ」ともいった。

一緒のロープも、同じ了見の奴だから、ニコ〳〵笑っている。ニコ〳〵ではないが、ま、いつもの通り、どういうのがいつもの通りか読む人にゃあワカンネェだろうが……。

ま、いいや。

「死ぬなら一つ、生きているうちに葬式《とむらい》を盛大にやろう。その前に何か形見をくださいよ、何か置いてけよ、残しといてくれよ、何かくれよ……」

先生、渇いた口だ。物も満足に喋れなくなった口でいったネ。

「そんなに甘くねぇ」

いいなあ、凄ぇや。

「なんか持ってきたのか」

「何も持ってこないよ、いつもの通りだい」

「こっちは病気なのに」

「ロープか何かねぇか。俺の名刺があらぁ……ライターは不要《いら》ないかい」

見事にそこにいつもの銀座の夜のロジック合戦が始まったのだ。

「あれ」と指を示したのが、美智子さんからの手紙であった。

美智子さんたって、唯の美智子さんとはことが違う。名字のない美智子さんからの手紙である。

待てよ、クラブのホステスも名字を使わないか。あれは源氏名、この美智子さんは、本当に戸籍上、名字のないない美智子さん。

そう、美智子皇太子妃殿下（当時）よりの便りなのだ。

読んだネ。中身は何とも美しい筆法で書かれていて、終わりに〝美智子〟と記してあった。

「あれぇ」

今度はフランスから贈られた勲章と賞状があり、文化に対する業績だというので読んだら、本を売った功績により云々……。

「何だい、本を余計に売っただけじゃねぇか。本そのものが文化てぇもんでもねぇし、第一文化なんざぁ、たいしたもんじゃぁねぇヤ」

「裏が判らないんだ」

「裏を読むほど人間が悪くないしネ」

「悪いんじゃねえ、浅いんだ」

「浅いからつき合ってんだ」

「俺もそうだ」

長男の礼一さん夫妻が入ってきたので、別れて扉の外へ。

「悪いですネ」

「ええ、前の耳のほうを放っといたのがイケなかったんですネ」

「あの時にキチンと処理しとけば……」

「そうなんですよ」

主治医の若い先生に、

「俺が死んだら、俺の心臓を君にやろう」

といったと礼一さんのハナシだ。一瞬驚いた若き医者クン、

「いえ、大丈夫です、私のは丈夫ですから」

「かぁ、質が違わぁ」

といってたといったが、それが最期の言葉だったと、後に礼一さんより聞いた。

見事な人生の捨て台詞である。

病院を出たら夕暮れ、銀座の灯が空にボゥーと薄く染まってた。

〝田辺先生、行きたいだろうなぁ〟と思ったら、涙が滲んだ。

どうせ死ぬなら、駄目なのなら、できりゃあ田辺先生の好きな女性に因果を含めて、先生の顔の前に股を開げて見せてやりたかった。

「先生の追っかけていたのは、これだったンだろう、これみて成仏しなよ……」と。

さもなきゃあ、息を引きとるまで添い寝をしてやるとか……。

「違うんだよなぁ……」というかしら……。

「俺は睾丸《キンタマ》が大きいから百二十歳までは生きるといわれた」と晩年いっていたが、そういうことをいうのは死期に近いのではないかとフト思ったもんだ。

田辺先生は死んだ。七十七歳の生涯であった。我が家の新聞には〝茂一っつぁん還らズ〟とあった。

各新聞、雑誌それぞれに、田辺さんの想い出が載り……。夜の顔、昼の顔、駄洒落、梶さんとのこと、その業績、ｅｔｃ、あったが、どれもこれも、〝惜しい人を故人にした〟程度のものとしか思えない。

徳間康快氏の「梶山季之が死んでから、田辺さんは淋しそうだった……」だけが本当に思えただけだった。

ま、書くほうも、心から〝惜しい人を故人にした〟と儀礼通りに書き送ったのだろう。

なきがらに替え唄を捧げる

先生とは本当に強い縁があったのだろう、葬儀の日、その日は一日ＮＨＫに缶詰の予定だったのが、途中、一時間の空間《あき》ができたので、思いもかけず最後の対面が叶った。

まだ葬儀の段取り中で、ごった返した鉢山町の例の先生の寝処に運ばれてきたところで、もっと詳しくいうと、私がうかがったところへ先生の遺体が……（「コラッ御遺体といえ」）、運ばれてきた。

お別れの第一番となれた。

「バカッ、前座だ」

唄を唄った、先生だけに聞こえるように。……でも、他に聞こえた人もいたかも知れナイ。「茂一の季節」である。

〽忘れられないの　茂一のことが
赤いシャツ着てサ　シェド帽かぶってサ
わたしは夢中で　茂一のあとを
追いかけ泣いたの　わけもないのに
恋は、茂一の恋は
銀座を染めて、燃えたの
夜明けまで踊る　茂一と踊る
緑のネクタイの　茂一の季節よ

唄って、「先生、長いこと本当にお世話になりました。有難うございました」とだけいった。

それが田辺先生にいう全てであった。

涙の「紀伊國屋ブルース」

先生が逝って、一年がたった。

「美弥」で先生の想い出酒をやりました。

〝こんなことをいった〟〝こんなことをいいやがった〟〝あんなことをしやがった〟。で、みんなで唄った。その時のみんなとは、私、毒蝮三太夫、内藤陳、小島三児、日劇M・H《ミュージック・ホール》の踊り子達、「美弥」のマスターとママ……想い出します。

歌は立川談志作詞、曲はこれも若くして最近逝ってしまった、銀座の常連、大酒呑みのよき男、猪俣公章[*1]。

御存知、「港町ブルース」の替え唄の「紀伊國屋ブルース」。

〽背伸びして飲む酒場の灯
今日も女が遠ざかる
あなたにあげた　夜を返して
茂一、銀座、赤坂、六本木

独り酒場で飲む酒は
過ぎた女の味がする
重いカバンを引きずりながら
茂一、銀座、赤坂、六本木

出銭、入銭、別れ銭
茂一のせない女達
もてた姿は　他人のそら似
茂一、銀座、赤坂、六本木

独り茂一は待ちわびる

男ヤモメのやるせなさ
明日はいらない　今夜女が欲しい
茂一、銀座、赤坂、六本木

呼んでとどかぬ人の名を
こぼした酒と指で書く
美弥で涙の　ああ愚痴ばかり
ミドリ、銀座、赤坂、ＴＢＳ

男心の残り火は
燃えて身を焼く夜の街
田辺茂一よ　旅路の果てか
茂一　紀伊國屋ブルースよ

全員が滂沱《ぼうだ》の涙であった。それも、とっても爽やかな涙であった。
偶然そこに居合わせた、茂一っつぁんとは何の関係もないこの店の客も泣いてくれた。

茂一先生、安心して眠ってください。

「バカぁいうな、だからゆっくり眠れねぇんだ」

でも、ここまで書いたんだ、これでも精一杯の努力だい。

「まさに、バカだ、努力なんかしたってダメだい、努力なんてなあ、バカに与えた希望なんだ……」

「でも……さァ」

「ガァーッ、グォーッ、駄目だ、一つも理解《わか》っちゃイナイ」

「先生、そんなもんだよ、他人が認めたものを価値というんだよ」

「いうねえ、思い違いにも限度がある」

と、またいうだろう。

でも先生、先生御自身でも書いたでしょうが、

「天上の声は姿もなく匂いもなし」ってサ。

そういえば先生、以前に團伊玖磨さんに会ってネ、

「田辺先生に死なれて本当に困っています」っていったら、

「私もだ」

といってましたよ。

*1　猪俣公章《いのまたこうしょう》　大酒呑み。いつも笑顔で「姫」に居た。いい男は早く死ぬ。いい曲を残した。〔一九三八－九三〕

対談
どっちかてえとイロゴトより落語

田辺茂一
立川談志

ときどき、強引な感じがする。この感じがつまり評価とそれに付随した悪口の生ずるユエンだろう。一瞬、ゼンガクレンを連想するが、これは見当ちがいだったか？意外（？）に折り目の正しい人である。少量の酒でよろけたところを見ると、そっちの方はせいぜい二ツ目クラスか。ただし、「イロゴトハ好キジャナイ」とのたもうたが、それは信用しちゃいけないかも知れない。

（田辺茂一）

田辺　あなた、この頃、二十歳以下のティーンなんとかという、そういうのが良い、なんて言っているようだけれど……。

談志　ええ。だけど、ぼくはあまりイロ事が好きじゃあないんです。ぼくはあまりソノ話をしないんで……先生もしないでしょう？

田辺　ぼくは、バーなんかで、わりあい上品だと言われているんですよ。（笑）

談志　そう、原語を使わないしね。

田辺　ナマの言葉を使うのは、あれはシロウトです。

談志　そのかわり、先生は手が速いね。とにかく手が良く伸びる。手が触角のごとく動く。スカートの下に入る。

田辺　なんにもしないと彼女たちが可哀そうだもの。マナーですよ。

談志　相手がイヤがってもマナーですか、あれは……。ところで先生、先生の三千人という数字は本当ですか？

田辺　しょっぱなから、立場が逆になりつつある。（笑）

談志　公称だから、実はもっと少なくて……。

田辺　もっと多くて、五千ですよ。

談志　五千ですか。本当かなあ。その数字はどうやってハジくんですか？

田辺　毎日一ツずつ足していけば良いんだ。ぼくの話を先にしちゃあ悪いかも知れないけど、この対談が第一回だから、ちょっとザンゲをさせていただこうか。ぼくは童貞を失ったのが二十二歳の時でね。ダマされて童貞を失った。大事なものをなくして口惜しくてね（笑）。ようし、と心を決めた。いっちょうやれるだけやってやれ……。当時四谷の検番には二百六十何人かの芸者の札がかかっていた。それを片っ端からみんなやったわけよ。だいたい一日二人ずつだ。ちょっと我儘が出ると（笑）三人だね。だから二十三、四歳で、四、五百人やった計算になる。千人斬りが一区切りらしいけれど、ぼくは二十代でそこは突破したわけよ。当時は酒を飲むヒマもない感じでね。もっぱらサイダーでやっていた。（笑）

談志　それで、トラブルはひとつもなしですか。

田辺　昔も今もトラブルなしだよ。

談志　相手の女が先生に愛情を感じないからかな。愛情が湧けばトラブルになるけれども、愛情が湧かないからトラブルにならないんだな。

田辺　いや、人柄なんだよ、こっちの。だいたいむこうがフッたようなことになるわけよ。こっちがフッたらめんどうになる。

談志　同じ女にダブッたらどうなるかなあ。五千人の女というからには、一人一回というのが圧倒的に多いわけでしょう？

田辺　そうそう。だからサイズの検定をして歩いていたようなものよ。ただ、中には一回ではなくずいぶんやっているのもいますね。そうだな、いちばん長いヒトで十年ぐらいかな。このヒトとは、一緒にメシを食ったり町を歩いたりしたことはない。やるだけですがね。電話がかかって来て、何時だよ、と時間だけ連絡する。それでホテルで会ってやるだけ。

談志　理想的ですね。（笑）

頭を切られてもケンカする

談志　ところで先生、あれだけ飲んでいて、よくバランスがとれますね。社長業というのはそんなに金が入るわけじゃあないでしょう？　あれだけ引き連れて、ほうぼうでワアワア飲んで、それで文壇のパトロンと言われたりして。

田辺　このあいだ、「いのちがけで遊んでるね」っていわれたけれどね。遊んでいないと持たないんだな、ぼくの気持ちがね。

談志　体もよく続きますな。スタミナの根源というのは性欲ですか？　先生みたいに大勢の女とやっている人物は……ということになるのかなあ。いや、千人斬りをやらない奴でも、若い頃から数えれば、マスターベーションで千回くらいいってるかも知れない。してみれば、そのぶんを女とハメただけですね。……たいして変わりはないんだな。

田辺　ぼくは、ただマン然と遊んでいるわけではない。

談志　でも、はたから見ていると、先生は同じテクニックで寝ているような気がする。毎日毎晩、その都度進歩して行ったら、変態になるはずだもの。先生は、ごく素朴なやり方でずっとやっているんじゃないかな、という気がする。

田辺　そうかも知れない。非常に低俗な言葉でいうと、ぼくはギリマンというのはやらない。

談志　非常に低俗な言葉でおききしますが、自分勝手にコトを完了するわけでしょう？　それで女も満足するのかな。先生は、そんなことは考えないんですね。

田辺　相手のことをいちいち気にしていたんじゃ重荷になる。先刻言った十年も続いているヒトとの場合は、一言も口をきかないことだってある。順序はわかっているんだし、何年もやっているんだから……いけない、どうもやりにくいよ。きき役はこっちだよ（笑）。あなたバーでときどきホステスにむかって怒っているね。「キミたちは何だい。坐っているだけが能じゃあない」なんてさ。

談志　このあいだ、オレのことを「あんたっておっちょこちょいね」とヌカしたホステスがいた。ぼくも頭に来た。てめえにおっちょこちょい、といわれる筋合いはどこにもないぜ、ってね。だいたい、ぼくは、バーでは黙っているとモテる。モテないから何も言わないでいると「まあ、テレビと違ってすごくおとなしいわね」なんてガゼン調子が良いんだよな。どうもオカシいよ。バカバカしい。本当はぼくらがいちばんモテるべきですよ（笑）。そのいちばんモテるべき人間が、どうにもモテない。

田辺　バーでモテる、という人はめったにいないよ。

談志　先生くらいのものですか（笑）。先生は、あまり小言をおっしゃらないんですか。

田辺　先生が怒ったのを見たことがない。いつか、ビールをかけられたことがあったけれど……。そこへ「みんながいるから来てくれ」って言われて、そこへ行ったら、問答無用でいきなりビールをかけられた。ぜんぜんワケがわからない。どうも談志　根拠がわからん。ただ、ぼくが何をする間もなく、テキはすぐ手をついたけれどね。　その時にぼくは言ったんです。「先生、怒らなくちゃあいけない」ってね。事の理否がどこにあったか知らないけれど、先生はヘラヘラ笑っているんだから……そういうことは、どうですか？　そのほうが無事で良いんですか？　ケンカして殴られても誰もホメてくれはしない。でも、ぼくだったら、頭を切られるだろうけれども、やっぱりケンカをする。ところが先生はケンカをしない。

田辺　談志　ぼくは、母親の遺言を守っているんだ。これは、あっちこっちでしゃべっているけれども、ね。「男は、おおやけのためにだけ怒れ、自分の感情で怒るな」とね。ぼくの怒った顔を見た人はないかも知れないね。ただし、今日は、場合によっては怒らしてもらうかも知れない。

田辺　そろそろ酒がまわって来たらしいな。（笑）

好キナラバ取レで一緒に……

田辺　さて、あなたの番だ。六九年はこうしようとかこれをやりたいとか、なにか計画のようなものはあるんですか?

談志　寄席の雑誌を出したい、と思います。もう、どんな落語家がいてどんな会があるのかさえわからなくなっている。落語についての意見とか批判とかいうよりも、紹介だけで良い。それから、散らばってしまいそうな資料を集めて、そこに記しておくだけで良い。そういう雑誌、月々十万くらいの赤字を食うかも知れないけれど、やる予定です。それから、現在残っているハナシ家のハナシをありったけ録音テープに取る。とにかく、好きな人に言わせると、落語のなになに亭なになに、という名前を見るだけで良い、というんですから。

田辺　そういうものは、講談と一緒には出来ないのかな。

談志　しても良いんじゃあないかな。講談までは良いと思う。もう少し幅をひろげて、アダチ竜光の手品など、寄席的なものは含めても良い。あとまだ、いろいろあるんですよ。やってみたい映画もあるし、選挙はどうしようか、と考えてみたり、外国へも行きたいし。

田辺　映画は、何本出たんですか。

談志　四本かな。先生は？

田辺　ぼくは一本だ。またやりにくくなってきた（笑）。選挙はどうなの？

談志　いちおう頭の中に入れてある、ということです。やるとしたら、こうやろうああやろうというプランはいっぱいある。ただ、うちのオフクロが、ぼくにむかってこう言っているんですよ。「おまえみっともないから、それだけはやめてくれ」って。（笑）

田辺　外国はどこかな？

談志　あれ、イヤだなあ。これは先生が連れて行ってくれるはずだった。どこですか？

田辺　サンフランシスコだよ。あそこに紀伊國屋の支店が出来る。それはまあいいでしょう。そのほかにもまだまだありそうだな。

談志　華麗な恋をしたいな。

田辺　カレイね。ヒラメじゃなくカレイか……。あまり調子が良くないね。（笑）

談志　先生が反省しながらしゃべっているのは珍しいね。まだ酔っていないらしい。（笑）

田辺　ここでは談志さんが独身である、という誤解を訂正しておかなけりゃあならない。華麗な恋などというとさも独身であるかのようにもきこえる。談志さんの奥さんは賢夫人ですね。ぼくは、あの奥さんがあるから立川談志がある、と思っている。談志さんになにか差しあげようとする時、ぼくはそれを奥さんに差しあげようと思う気持ちのほうが強いんだ。

談志　いま、ぼくが勝手気儘だから、可哀そうだね。もっと平和な人のところへ行けば良かったんじゃあないかな。シャクにさわるのは子供が先生に似ていることですよ。先生と同じようにホッペタがふくらんで同じような顔をしている（笑）。それで、オレに刃向かって来る。（笑）

田辺　話が先へ行きすぎてるよ（笑）。ぼくはまだあなたと奥さんのそもそものナレソメをきいてないいんだけどな。

談志　ぼくが出演していて、そこのホールに……。イヤだな、先生は。こんなことをしゃべったのははじめてだ。カットしてくださいよ。

田辺　いや、カットしちゃあいけない。それで、強姦とかなんとか……。

談志　ううん……好キナラバ取レです。

バカヤロオを分解してる

田辺　『笑点』は続く？　あの番組の発想は、いかにもあなたらしいけれど……。

談志　あれは、てめえがやっていててめえで笑えるんです。あれはもう一篇の落語だと思っています。

田辺　これからの演芸は、どういう方向に進むのでしょうかね。

談志　この一年くらい前から、どこへ行っても、同じ顔に出会うんだ。チック・タックだWケンジだ歌奴だ円鏡だ、どこへ行っても同じことですよ。もちろんいくらか新陳代謝はあります。でも全体的には同じだ。それが続けば飽きられるだろう。

とにかく、頭打ちの状態ですよ。そこでいろいろな趣向がこらされる。たとえば、かしまし娘とトップ・ライトの組み合わせだとか、藤本義一とぼくの漫才とか前田武彦とぼくの漫才、という趣向が出て来る。田辺茂一先生が司会をやることもそうでしょう。いま演芸のアマチュアに演芸のジャンルをぜんぶ荒らされはじめたわけでしょう。前田武彦とか大橋巨泉とかかね。そうして、彼等のほうが、学問もあるし、行動力もある。まごまごすると先生あたりにまで、そのジャンルを荒らされてしまう。どっちかというと話術はあまりうまくないんだけれど、内容はちゃんとしているから、やられてしまうことになる。いまはちょうどそういう状態でね。いっぽう、コント55号が登場して、活躍している。しかしこれは、一つの典型か、というとそうではない。その証拠に類型が出て来ませんものね。それで、こういう状況は、しかしやがて、だんだん落ち着いて行くんじゃあないか、と思っているんですよ。あたりまえみたいだけれど内容の良いもので、それを快適に笑わせてくれるものに落ち着く、と……。ぼくは、「落語をもういっぺん一人称に戻せ」と言っているわけですよ。もういっぺん一人称に戻す、ということは、芸人の内面的なものがすごく要求されます。そうならなければいけらない、というのが、ぼくの落語運動みたいなものなんですけれど……。でもこれは、いざとなるとたいへんに難しいことでしてね。

田辺　実験の時代ということかな。

談志　寄席というところは、実験の許される場所だ、と考えているんです。

田辺　いつかイイノホールでやった『品川心中』というのは良かったね。

談志　ホメられているわけですね。有難うございます。

田辺　あなた、ひところの年期奉公時代だな、あれはどんなふうでしたか。このあいだ、さるところで小さん師匠の奥さんに会いましてね。「おまえさん千人斬りだね」って言われたよ（笑）。はじめて会って五分とたたないうちだったな。ぼくは恐くなって逃げた。そうしたら追いかけて来て、「これから飲みに行こう」と誘われた。（笑）

談志　ぼくは、学校からいきなり落語家の家へ行った。つまりクッションがないわけでしょう。ですからとまどいました。いろいろなことをぜんぶこの身で受けとめなければならない。誰も教えてくれる人はいないし、友だちもいない。師匠もおかみさんも、良い人だけどその良さを教えてくれる人がいなかった、ということだと思います。いまなら野坂（昭如氏）の会話でも平気だけれど、当時はそうはいかない。師匠に「あした、おまえ来いよ」と言われる。「何ですか」ときくと「良いんだよ、来りゃ」とだけしか言わない。こっちはシクジッたと思うわけですね。その晩は眠れやしない。どうしてその場で言ってくれないのかなあ、と思ったね。いろいろな矛盾というかそういうものがあった。そういうものを通り過ぎることの意味を教えてくれる人間は誰一人としていない。ただ一人、寿司屋のおやじが慰めてくれてね。そのおやじの慰め方がまた、たいへんに抽象的な慰め方だったたな。「一生懸命やってりゃ何とかなるさ」なんてね。

田辺　それが残っていて、あなた、寿司屋に行くと荒れるんだね。(笑)

談志　ぼくは、いまの弟子にはこう言っています。「オレの弟子であるということは、オレのペースに合わせて生活しているということになる。それは、オマエたちにとって、当然不愉快だろうし、健康上にも精神衛生にも良くないだろう。でも、それは、オマエたちが一度は通らなければならない道だよ」。これは、あまり良くないんですけどね。バカヤロオ、の一言のほうが良いかも知れない。バカヤロオってね、ウチの師匠はそれを言った。おかみさんも一緒にそれを言った。クッションがなかったからこっちは辛い。でも、わかってみればたいしたことじゃあない。もう少し早く紀伊國屋へ行けば良かったんだけれども……。だから、ぼくのいまの弟子は、逆に弱いのが出来あがるかも知れない。

田辺　それは、あなたの責任じゃあないよ。時代の責任だ。

談志　いや、ぼくらの世界はまだ、一喝、一刀両断が出来る世界ですよ。それなのに、ぼくは弟子にむかってバカヤロオを一句一句分解している。

田辺　親心だね。

談志　弟子に対するボクのような、こんなやり方は、芸人の会話じゃあないかも知れないな。

美人だったらナニもせずに……

田辺　あなた、頭を下げるのがキライだね。

談志　よく、落ち目になると頭を下げるようになる、といいますね。ぼくは落ち目になっても同じにしていたいよ。こうなりゃ意地だ。先生は、親切だけが人を説得する、と考えているんですか？　そうだろうな。しかし、先生は親切だけで人を説得出来るところに存在しているからいいよ……。忘れていたけれど、先刻のビールをかけられた時のほかに、似たようなことがもう一度あったな。先生が銀座のバーでピアノのところでなにか弾くみたいな真似をしたんです。それで誰かがなにか言うと、先生はカルくイナした。ああいうことは、相手が本気で怒ったね。「茂一うるさい」ってね。でも先生は相手にしない。ああいうことは、どうしたら出来るのかなあ。あのほうが人間として大きいのかなあ、と思った。

田辺　あなた、今日は、わりに酒を飲んだね。酔いにまかせて、ぼくを料理している（笑）。ふだんの仇を討ってるつもりか。ところで、今日は、終わりに、また女の話をすることになっている。最近、コレと感心した女、サイズでもいいし、立ち居振舞いでもいい。談志さんを興奮させた女性の話をききたいね。

談志　いるにはいますよ。でもここでしゃべっちゃあまずい。ぼくは独身ではない、と言ったばかりだからね。ただね、北原武夫さんの小説を読んでいてピタリと来たのがありましたな。毛髪の細い、肌のキメのこまかい……ぼくはね、星由里子のファンです。美人が好きなんだな。美人だったら、半日でも、なにもしないでジッと顔を見ているだろうな。

田辺　なんだか中途半日だね。（笑）

（『週刊大衆』一九六九年一月九日号）

略年譜

田辺茂一

明治三八（一九〇五）年　新宿にて薪炭問屋紀伊國屋の長男として生まれる
大正一五（一九二六）年　慶應専門部卒業
昭和二（一九二七）年　紀伊國屋書店創業
昭和三（一九二八）年　文芸同人誌「文芸都市」、美術評論雑誌「アルト」創刊
昭和五（一九三〇）年　新宿本店新築、銀座・上野に支店開設
昭和七（一九三二）年　結婚
昭和一四（一九三九）年　文芸雑誌「文学者」創刊
昭和一五（一九四〇）年　離婚
昭和二〇（一九四五）年　戦災で新宿の店舗焼失
昭和二二（一九四七）年　前川國男設計による地上二階建ての建物で書店再開

昭和二三（一九四八）年　文芸雑誌「文芸時代」創刊
昭和二四（一九四九）年　洋書課を創設し洋書輸入を開始
昭和三九（一九六四）年　前川國男設計による紀伊國屋本社ビル竣工
昭和四一（一九六六）年　紀伊國屋演劇賞創設
昭和四二（一九六七）年　日本ペンクラブ理事に就任
昭和四三（一九六八）年　新都心新宿ＰＲ委員会設立、委員長に就任
昭和四七（一九七二）年　日本文芸家協会理事に就任
昭和五六（一九八一）年　一〇月、シュバリエ・ドゥ・ロルドル・デザール・エ・デレトル賞（フランスの芸術文化勲章にあたる）を贈られる
一二月一二日、悪性リンパ腫のため死去

立川談志

昭和一一（一九三六）年　東京・小石川に生まれる
昭和二七（一九五二）年　私立東京高校を一年生で中退、五代目柳家小さんに入門
前座名は「小よし」
昭和二九（一九五四）年　二つ目昇進。「小ゑん」と改名
昭和三五（一九六〇）年　結婚
昭和三八（一九六三）年　真打ち昇進。「立川談志」を襲名
昭和四〇（一九六五）年　「立川談志ひとり会」第一回を紀伊國屋ホールにて開催
昭和四一（一九六六）年　「笑点」日本テレビにて放送開始、初代司会者に
昭和四六（一九七一）年　参議院議員選挙全国区に初当選
昭和五〇（一九七五）年　沖縄開発庁政務次官に就任
昭和五八（一九八三）年　落語協会を脱退、落語立川流を創設
平成九（一九九七）年　食道がんを手術
平成一〇（一九九八）年　喉頭がんの疑いで検査入院
平成一四（二〇〇二）年　「高座五〇周年、立川談志。」全国公演を行う

平成二一（二〇〇九）年　糖尿病を患い長期休養を発表

平成二二（二〇一〇）年　「立川流落語会」で高座復帰

平成二三（二〇一一）年　三月、「立川談志一門会」での「蜘蛛駕籠」が最後の高座に

一一月二一日、喉頭がんのため死去

解説

駄ジャレ社長

高田文夫

一九九四年、いきなりこの本『酔人・田辺茂一伝』が出版された時、なんで突然、師匠は茂一さんの事を書き残しておこうと思ったのだろうと不思議だった。

立川談志五十八歳、読者であり弟子のようなものでもある私が四十六歳の頃である。ひとまわり違いのチョコマカした性分のネズミ年なのだ。

これまで幾多の〈落語〉〈演芸〉に関する著作を出して来たのに、小説のような人物ドキュメントという形も珍しい。

読んでみたら何の事ァない、大好きな人との夜ごとのじゃれあい、交流。ただ甘えているだけの銀座・赤坂・六本木。あの時代の夜の文化芸能界の活写でありエピソード漫談集。

早い話、田辺が「オレがあんたを見染めたんだ」と言う通り、田辺は言わば若き芸人・談志のお旦《だん》（楽屋用語で言う旦那のこと）、タニマチ、スポンサーである。

「談志師匠の思いが強すぎるのか、この二人の関係、肝心の田辺茂一なる人物像が分かりづらく、つかみづらい。ついてはこれを文庫にしたいので高田さんそこんところ解説なぞを――」と依頼が来た。

本棚をひっくり返すと講談社から出たオレンジ色のその本が出てきた。表紙は山藤章二画伯描くところの田辺茂一社長の後ろ姿。見馴れた大きなカバンを左手に持っている。

こんな日も来るだろうと九五年一〇月に開催された新宿歴史博物館特別展の「田辺茂一と新宿文化の担い手たち」を見に行っていて、ぶ厚く、写真も生原稿もやたら資料が沢山載っているパンフを購入してあった。

かいつまんで自由人・田辺茂一の歴史を。

明治三八年（一九〇五年）、新宿の薪炭問屋「紀伊國屋」の長男として生まれる。少年時代から本屋を営む夢があり、昭和二年（一九二七年）、現在地に書店を開業。当時の見取り図なども載っていて、炭屋の隣に小さな書店があった。二二歳にして経営者に。母イトの言葉として田辺茂一の色紙が、かつて談志と通いつめた銀座のＢＡＲ「美弥」にあった。

〝「本屋ならいいよ」

ひと言遺《のこ》し

母はこの世を去った
私十七の夏
　田辺茂一〟

田辺は書店ばかりでなく様々な文化活動に参加し、ギャラリーの開設、美術雑誌・文芸誌の創刊など出版文化にも進出。

新宿に情報・文化を発信する場を生み出した。そして（私も覚えている）昭和三九年（五輪の年）、現在のあの新宿文化のシンボルとも言える紀伊國屋ビルを建設。ホール・画廊を開き若き演劇人・画家たちに発表の場を与えた。クリエイティブな才能には惜しみない援助をした。また遊びをきわめた粋人として〝夜の市長〟の異名もとる。

文化の「巨人」であり「怪人」「粋人」「酔人」なにより「新宿人」であった（そのくせ照れるから新宿では飲まなかった）。

私は渋谷生まれで世田谷育ちだったので、小さい頃から新宿は庭のようにして遊んでいたが、テレビに出てる社長はいつもいつも、死ぬ程つまらない駄ジャレを言ってはニヤリとしていた。

この本にも談志が記しているが、

「短いアロハ買ったら、おへそが出ちゃって……アロハにおへそ」

あきれ返るでしょ。尊敬するのやめようと思うでしょ。

「日本航空の機内食のおそばはうまいねぇ。やっぱ〝JAL〟そばだなァ」

「ホテル泊まったら隣の部屋でなんかやってんだな。女が〝うちの兄《にい》さん　うちの兄さん〟って叫んでんだよ。朝起きたらその女が庭で体操してて〝ウチ　ニィ　さん、ウチニィさん〟だって」

いくら社長でもザブトン三枚取るよ。

大学へ進んだ私は田辺社長に背中を押されて、できたばかりの紀伊國屋ホールで始まった「立川談志ひとり会」へせっせと通った。昭和四〇年代前半、世は学園闘争、新宿の町もフーテンがゴロゴロ。新宿騒乱罪、ゲバ棒の嵐をくぐって紀伊國屋ホールへ、新宿末広亭へ。ひたすら談志を追いかけた。そんな時、大島渚監督がドキュメンタリータッチで撮った映画が「新宿泥棒日記」。

なんと横尾忠則が紀伊國屋で本を万引きするのだ。店員に捕まり社長室へつれていかれる。そこには千両役者、棒読みの田辺社長が待ちうけている。カットが変わると夜のバー。社長が沢山の人をひきつれ飲んでいる。社長の横には「ヨイショ」する若き日の談志の姿が……ああもうそれだけでしびれる。あの時代の、あの頃の匂い、空気が感じられるのだ。

談志は「ひとり会」の評判で落語界トップへと登っていき、ライバル・志ん朝はイイノホールで柳朝と定期的に「二朝会」を開き江戸中の話題となる。

時は移り、作家をやりながら私は談志の弟子となり〝立川藤志楼〟で超人気の真打ちに。同じように紀伊國屋ホールで十年間、毎回即完ソルドアウトの独演会「立川藤志楼　VS　高田文夫　ひとり時間差落語会」を山藤章二画伯の企画で開催し話題となった。

そしてまた時は移り、私は紀伊國屋ホールで「志の輔・談春・志らく　立川流三人の会」を企画した。田辺社長、談志師匠への恩返しのつもりだった。

談志が最後まで客席で見ていたのにはびっくりした。

田辺茂一の創った紀伊國屋ホールには色んな思いがつまっているが、駄ジャレだけは言わないように注意している。

（たかだ・ふみお　放送作家、ラジオパーソナリティ）

『酔人・田辺茂一伝』1994年 講談社刊
（装画・挿絵　山藤章二）

編集付記

一、本書は『酔人・田辺茂一伝』(一九九四年七月　講談社刊)を底本とし、文庫化したものである。文庫化にあたり、対談、略年譜、解説を新たに加え、〔 〕内に編集部による注を付した。

一、本文中には今日の人権意識に照らして不適切と思われる表現があるが、作品の時代背景および著者が故人であることを考慮し、底本のままとした。

中公文庫

酔人《すいじん》・田辺《たなべ》茂《も》一《いち》伝《でん》

2021年10月25日　初版発行
2021年11月10日　再版発行

著　者　立《たて》川《かわ》談《だん》志《し》

発行者　松田陽三

発行所　中央公論新社
〒100-8152　東京都千代田区大手町1-7-1
電話　販売 03-5299-1730　編集 03-5299-1890
URL http://www.chuko.co.jp/

DTP　嵐下英治
印　刷　大日本印刷
製　本　大日本印刷

Published by CHUOKORON-SHINSHA, INC.
Printed in Japan　ISBN978-4-12-207127-8 C1123

定価はカバーに表示してあります。落丁本・乱丁本はお手数ですが小社販売部宛お送り下さい。送料小社負担にてお取り替えいたします。

各書目の下段の数字はISBNコードです。978－4－12が省略してあります。

中公文庫既刊より

た-56-1
新釈落語咄
立川談志
古典落語の真髄を現代訳した〝家元〟談志の落語論。「粗忽長屋」から「妾馬」まで珠玉の二十篇に新たに光が当てられ、いま蘇る。〈解説〉爆笑問題・太田 光
203419-8

あ-79-2
高座のホームズ 昭和稲荷町らくご探偵
愛川晶
昭和五〇年代、稲荷町の落語長屋。噺家連中が持ち込む謎の数々を解き明かすのは、八代目林家正蔵（のちの彦六）⁉ 名人の推理が光る洒脱な落語ミステリー。
206558-1

あ-79-3
黄金餅《こがねもち》殺人事件 昭和稲荷町らくご探偵
愛川晶
古典落語の名作「黄金餅」を彷彿とさせる怪事件が雪の東京で発生した！ 落語界の大看板にして名探偵・八代目林家正蔵が謎に挑む痛快落語ミステリー第二弾！
206645-8

あ-79-5
高座のホームズみたび 昭和稲荷町らくご探偵
愛川晶
「犬の目」を口演中の二つ目・佃家花蔵が酔客に左眼を殴打され、次いで花蔵の兄弟子・傳朝が暴漢に襲われる。八代目林家正蔵の推理は⁉〈解説〉西上心太
206775-2

あ-79-7
芝浜の天女 高座のホームズ
愛川晶
天女のように美しい妻の秘密とは？ 女に金に、芸の道に悩める噺家たちが今日も探偵・林家正蔵の長屋へやってくる。落語ミステリー第四弾。〈解説〉広瀬和生
206903-9

あ-79-4
道具屋殺人事件 神田紅梅亭寄席物帳
愛川晶
真打ちを目指し、日々修業に励む二つ目・寿笑亭福の助の周辺で次々と謎の怪事件が勃発！〝落語ミステリ〟の異才が放つ珠玉の三編。〈解説〉宇田川拓也
206722-6

あ-79-6
芝浜謎噺 神田紅梅亭寄席物帳
愛川晶
二つ目・寿笑亭福の助の元弟子が『芝浜』の稽古をつけてほしいと泣きついてきた。口演が難しい人情噺に拘るのには深い事情が。異色の落語ミステリ三篇。
206808-7

お-82-4
江戸落語事始 たらふくつるてん 奥山景布子
口下手の甲斐性なしが江戸落語の始祖⁉ 殺人の濡れ衣や綱吉の圧制に抗いながら、決死で〝笑い〟を究めた咄家・鹿野武左衛門の一代記。〈解説〉松尾貴史
207014-1

か-87-1
歌丸 不死鳥ひとり語り 桂 歌丸 長井好弘 編
貧乏だけど志はあった青春時代から噺の面白さを世に伝える現在まで粋なひとり語りが一冊に。多彩な芸談義「あたしのネタ帳」と口演速記『ねずみ』も収録。
206622-9

か-92-1
桂馬の高跳び 坊っちゃん講釈師一代記 神田山陽(二代目)
明治生まれの若旦那、張り扇片手に芸の道へ。講談を愛し、講談に尽くした「革命家」二代目神田山陽の痛快な一代記。孫弟子・六代目神田伯山による解説収録。
207002-8

く-2-2
浅草風土記 久保田万太郎
横町から横町へ、露地から露地へ。「雷門以北」「浅草の喰べもの」ほか、生粋の江戸っ子文人による詩趣豊かな浅草案内。〈巻末エッセイ〉戌井昭人
206433-1

し-15-10
新選組始末記 新選組三部作 子母澤 寛
史実と巷談を現地踏査によって再構成した不朽の実録。新選組研究の古典として定評のある、子母澤寛作品の原点となった記念作。〈解説〉尾崎秀樹
202758-9

し-15-11
新選組遺聞 新選組三部作 子母澤 寛
新選組三部作の第二作。永倉新八・八木為三郎・近藤勇五郎など、ゆかりの古老たちの生々しい見聞や日記で綴った、新選組逸聞集。〈解説〉尾崎秀樹
202782-4

し-15-12
新選組物語 新選組三部作 子母澤 寛
「人斬り鍬次郎」「隊中美男五人衆」など隊士の実相を綴った表題作の他、近藤の最期を描いた「流山の朝」を収載。新選組三部作完結。〈解説〉尾崎秀樹
202795-4

し-15-15
味覚極楽 子母澤 寛
〝味に値無し〟——明治・大正のよき時代を生きた粋人たちが、さりげなく味覚に託して語る人生の深奥を聞書き名人でもあった著者が綴る。〈解説〉尾崎秀樹
204462-3

各書目の下段の数字はISBNコードです。978－4－12が省略してあります。

し-15-16
幕末奇談
子母澤　寛
新選組が活躍する幕末期を研究した「幕末研究」と番町皿屋敷伝説の真実など古老の話を丹念に拾い集めた「露宿洞雑筆」の二部からなる随筆集。
205893-4

し-15-18
愛　猿　記
子母澤　寛
誰にもなつかないと評判の猛猿が不思議と著者にはたちまちなついた。三匹にわたって飼い継いだ猿との哀歓の日々。〈解説〉網淵謙錠〈巻末エッセイ〉土門　拳
207046-2

な-73-1
麻布襍記《あざぶざっき》　附・自選荷風百句
永井　荷風
東京・麻布の偏奇館で執筆した小説「雨瀟瀟」「雪解」、随筆「花火」「偏奇館漫録」等を収める抒情的散文集。初の文庫化。〈巻末エッセイ〉須賀敦子
206615-1

な-73-2
葛飾土産
永井　荷風
石川淳が「戦後はただこの一篇」と評した表題作ほか、短篇・戯曲・随筆を収めた戦後最初の作品集。久保田万太郎の同名戯曲、石川淳「敗荷落日」を併録。
206715-8

な-73-3
鷗外先生　荷風随筆集
永井　荷風
師・森鷗外、足繁く通った向島・浅草をめぐる文章と、自伝的作品を併せた文庫オリジナル編集。巻末に谷崎潤一郎、正宗白鳥の批評を付す。〈解説〉森まゆみ
206800-1

な-73-4
小説集　吉原の面影
永井荷風／樋口一葉
広津柳浪／泉　鏡花
荷風に誘われて遊里をゆく。永井荷風「里の今昔」、樋口一葉「たけくらべ」、広津柳浪「今戸心中」、泉鏡花「註文帳」を収録。文庫オリジナル。〈解説〉川本三郎
206936-7

み-27-1
江戸吉原図聚《ずしゅう》
三谷　一馬
江戸風俗画の模写に打ち込んできた著者が、吉原を描いた二五〇余点の絵画資料を精確に復元。今は失われた吉原の全貌を鮮やかに甦らせる画期的労作。
201882-2

み-27-2
江戸商売図絵
三谷　一馬
江戸に生き、この大都市の繁栄を支えてきた人々の生業の数々を、当時の絵画資料より精確に復元。庶民の生活の息吹までも生き生きと再現する労作。
202226-3

み-27-3
彩色江戸物売図絵
三谷一馬
独特の売り声と服装で江戸の町を往き来した物売り百五十姿を、当時の絵画資料をもとにオールカラーで再現。庶民の哀歓までも伝える入魂の労作。
202564-6

み-27-4
江戸年中行事図聚
三谷一馬
元旦の「若水」「屠蘇」から歳末の「才蔵市」「大晦日の狐火」まで、絵画資料約一八〇点を精確に模写し、今は失われた江戸年中行事の数々を再現する。
203042-8

み-27-5
江戸職人図聚
三谷一馬
町人に親しまれた職人の風俗その他を錦絵、版画及び草双紙、人情本等の挿絵から復元した作品二百点余。江戸後期の庶民生活を知る上での貴重な資料。
203948-3

み-27-8
江戸看板図聚
三谷一馬
江戸風俗画研究の大家が広範な資料をもとに精確に復元した看板画、総図版点数千余点。江戸庶民の頓知と洒落、数々の意匠がいきいきとよみがえる。
206295-5

い-2-7
浪漫疾風録
生島治郎
『EQMM』編集長を経てハードボイルド作家になった著者の自伝的実名小説。一九五六～六四年の疾風怒濤の編集者時代と戦後ミステリの草創期を活写する。
206878-0

い-2-8
星になれるか
生島治郎
直木賞受賞、睡眠薬中毒、そして再起へ。一九六四～七八年の綺羅星の如き作家たちの活躍を描く戦後ミステリ裏面史。『浪漫疾風録』完結編。〈解説〉郷原　宏
206891-9

た-43-2
詩人の旅　増補新版
田村隆一
荒地の詩人はウイスキーを道連れに各地に旅立った。北海道から沖縄まで十二の紀行と「ぼくのひとり旅論」を収める〈ニホン酔夢行〉。〈解説〉長谷川郁夫
206790-5

の-3-13
戦争童話集
野坂昭如
戦後を放浪しつづける著者が、戦争の悲惨な極限に生まれえた非現実の愛とその終わりを「八月十五日」に集約して描く、万人のための、鎮魂の童話集。
204165-3

各書目の下段の数字はISBNコードです。978－4－12が省略してあります。

の-3-15
新編「終戦日記」を読む
野坂昭如
空襲、原爆、玉音放送……あの夏の日、日本人は何を思ったか。文人・政治家の日記を渉猟し、自らの体験を綴る。戦争随筆十三篇を増補。〈解説〉村上玄一
206910-7

ゆ-2-23
軍旗はためく下に 増補新版
結城昌治
陸軍刑法上、死刑と定められた罪で戦地で裁かれ処刑された兵士たち。戦争の非情を描く直木賞受賞作に著者自作解説を増補。〈解説〉五味川純平／川村 湊
206913-8

よ-17-11
好色一代男
吉行淳之介訳
生涯にたわむれし女三千七百四十二人、終には女護の島へと船出し行方知れずとなる稀代の遊蕩児世之介の物語が、最高の訳者を得て甦る。〈解説〉林 望
204976-5

よ-17-12
贋食物誌《にせしょくもつし》
吉行淳之介
たべものを話の枕にして、豊富な人生経験を自在に語る、洒脱なエッセイ集。本文と絶妙なコントラストを描く山藤章二のイラスト一〇一点を併録する。
205405-9

よ-17-13
不作法のすすめ
吉行淳之介
文壇きっての紳士が語るアソビ、紳士の条件。著者自身の酒場における変遷やダンディズム等々を通して「人間らしい人間」を指南する洒脱なエッセイ集。
205566-7

よ-17-14
吉行淳之介娼婦小説集成
吉行淳之介
赤線地帯の疲労が心と身体に降り積もり、街から抜け出せなくなる繊細な神経の女たち。「赤線の娼婦」を描いた全十篇に自作に関するエッセイを加えた決定版。
205969-6

よ-17-9
酒中日記
吉行淳之介編
吉行淳之介、北杜夫、開高健、安岡章太郎、瀬戸内晴美、遠藤周作、阿川弘之、結城昌治、近藤啓太郎、生島治郎、水上勉他——作家の酒席をのぞき見る。
204507-1

よ-17-10
また酒中日記
吉行淳之介編
銀座や赤坂、六本木で飲む仲間との語らい酒、先輩たちと飲む昔を懐かしむ酒——文人たちの酒にまつわる出来事や思いを綴った酒気漂う珠玉のエッセイ集。
204600-9